U0946434

本色文丛·柳鸣九　主编

尘缘未了

李文俊／著

海天出版社（中国·深圳）

图书在版编目（CIP）数据

尘缘未了 / 李文俊著. —深圳 : 海天出版社，
2018.7
（本色文丛）
ISBN 978-7-5507-2398-6

Ⅰ. ①尘… Ⅱ. ①李… Ⅲ. ①散文集–中国–当代
Ⅳ. ①I267

中国版本图书馆CIP数据核字（2018）第090049号

尘缘未了
CHENYUAN WEILIAO

深圳出版发行集团
海天出版社

出品人 聂雄前
策划编辑 林星海
项目负责人 韩海彬
责任编辑 梁 萍
责任校对 叶 果
责任技编 梁立新
装帧设计 Smart 深圳斯迈德设计 0755-83144228

出版发行 海天出版社
地　　址 深圳市彩田南路海天大厦（518033）
网　　址 www.htph.com.cn
订购电话 0755-83460397（批发） 0755-83460397（邮购）
印　　刷 深圳市新联美术印刷有限公司
开　　本 787mm×1092mm 1/32
印　　张 10
字　　数 170千
版　　次 2018年7月第1版
印　　次 2018年7月第1次
定　　价 40.00元

李文俊，1930 年出生于上海，1952 年毕业于复旦大学新闻系。1953 年入《译文》(后改名《世界文学》) 编辑部工作，1993 年退休前任主编。译有美、英、加文学名作并著有关于福克纳的著作，并写有散文集多种。曾任中国译协副会长，获中国作协的中美文学交流奖与中国译协的“翻译文化终身成就奖”。2011 年被授予“中国社会科学院荣誉学部委员”称号。

总序：学者散文漫议

◎ 柳鸣九

“本色文丛”现已出版三辑，共二十四种书，在不远的将来，将出齐五辑共四十种书。作为一个散文随笔文化项目，已经达到了一定的规模，也大致上形成了自己的特色：一是以“有作家文笔的学者”与“有学者底蕴的作家”为邀约对象，而由于我个人的局限性，似乎又以“有作家文笔的学者”为数更多；二是力图弘扬知性散文、文化散文、学识散文，这几者似乎可统称为“学者散文”。

前一个特点，完全可以成立，不在话下，你们邀哪些人相聚，以文会友，这是你们自家的事，你们完全可以采取任何的称呼，只要言之有据即可。何况，看起来的确似乎是那么回事。

但关于第二个特点，提出“学者散文”这个概念本身就是易于带来若干复杂性的问题，要说明清楚本就不容易，要论证确切更为麻烦，而且说不定还会有若干纠缠需要澄清。所有这些，就不是你们自己的事，而是大家关心的事了。

在这里，首先就有一个定义与正名的问题：究竟何谓“学者散文”？在局外人看来，从最简单化的字面上的含义来说，“学者散文”大概就是学者写的散文吧，而不是生活中被称为“作家”的那些爬格子者、敲键盘者所写的散文。

然而实际上，在散文这个广大无垠的疆土上活动着的人，主要还是被称为作家的这一个写作群体，而不是学者。再一个明显的实际情况就是，在当代中国散文的疆域里，铺天盖地、遍野开花的毕竟是作家这一个写作者群体所写的散文。

那么，把涓涓细流的“学者散文”汇入这个主流，统称为散文不就得了嘛，何必另立旗号？难道你还奢望喧宾夺主不成？进一步说，既然提出了“学者散文”之谓，那么，写作者主流群体所写的散文究竟又叫什么散文呢？虽然在中外古典文学史中，甚至在20世纪前50年的中国文学界中，写散文的作家，大多数都同时兼为学者、学问家，或至少具有学者、学问家的素质与底蕴。只是在近半个多世纪以来的中国文学界中，同一个人身上作家身份与学者身份互相剥离，作家技艺与学者底蕴不同在、不共存的这种倾向才越来越明显。我们注意到这种现实，我们尊重这种现实，那么，且把近半个多世纪以来由纯粹的作家（即非复合型的写作者）创作的遍地开花的散文作品，称为“艺术散文”，可乎？

似乎这样还说得过去，因为，纯粹意义上的作家，都是致力于创作的，而创作的核心就是一个“艺”字。因此，纯粹意义上的作家，就是以艺术创作为业的人，而不是以“学”为业的人，把他们的散文称为艺术散文，既是一种应该，也是一种尊重。

话不妨说回去，在我的概念中，“学者散文”一词其实是从写作者的素质与条件这个意义而言的。“素质与条件”，简而言之，就是具有学养底蕴、学识功底。凡是具有这种特点、条件的人，所写出的具有知性价值、文化品位与学识功底的散文，皆可称“学者散文”。并非强调写作者具有什么样的身份，在什么领域中活动，从事哪个职业行当，供职于哪个部门……

以上说的都是外围性的问题，对于外围性的问题，事情再复杂，似乎还是说得清楚的，但要往问题的内核再深入一步，对学者散文做进一步的说明，似乎就比较难了。具体来说，究竟何为“学者散文”？“学者散文”究竟具有什么特点？持着什么文化态度？表现出什么风格姿态？敝人既然闯入了这个文艺白虎堂，而且受托张罗“本色文丛”这个门面，那也就只好硬着头皮，提供若干思索，以就教于文坛名士才俊、鸿儒大家了。

说到为文构章，我想起了卞之琳先生的一句精彩评语，那时我刚调进外文所，作为他的助手，我有机会听到卞公对文章进行评议时的高论妙语。有一次他谈到一位年轻笔者的时候，用幽默调侃的语言评价说：“他很善于表达，可惜没什么可表达的。”说话风趣幽默，针砭入木三分。不论此评语是否完全准确，但他短短一语毕竟道出了为文成章的两大真谛：一是要有可供表达、值得表达的内容，二是要有善于表达的文笔。两者缺一不可，如果两者具备，定是珠联璧合的佳作。这个道理，看起来很简单、很朴素，甚至看起来算不上什么道理，但的的确确可谓为文成章的“普世真理”、当然之道。对散文写作，亦不例外。

就这两个方面来说，有不同素养的人、有不同优势与长处的人，各自在不同的方面肯定是有不同表现的，所出的文字，自然会有不同的特点与风格。一般来说，艺术创作型的写作者，即一般所谓的作家，在如何表达方面无一不具有一定的实力与较熟练的技巧。且不说小说、诗歌与戏剧，只以散文随笔而言，这一类型的写作者，在语言方面，其词汇量也更多更大，甚至还能进而追求某种语境、某种色彩、某种意味；在谋篇布局方面，烘托铺垫、起承转合、舒展伸延、跌宕起伏、统筹安排、井然有序。所有这些，在中华文章之道中本有悠久传统、丰富经验，如今更是轻车熟路，掌握自如；在描写与叙述方面，不论是描写客观的对象还是自我，哪怕只是描写一个细小的客观对象，或者描写自我的某一段平常而普通的感受，也力求栩栩如生、细致入微，点染铺陈，提高升华，不怕你不受感染，不怕你不被感动；在行文上，则力求行云流水，妙笔生花，文采斐然，轻灵跃动；在阅读效应上，也更善于追求感染力效应的最大化，宣传教育效应的最大化，美学鉴赏效应的最大化。总而言之，读这一种类型的散文是会有色彩缤纷感的，是会有美感的，是会有愉悦感的，而且还能引发同感共鸣，或同喜或同悲，甚至同慷慨激昂、同心潮澎湃……

我以上这些浅薄认识与粗略概括是就当代与学者散文有所不同的主流艺术散文而言的，也就是指生活中所谓的纯粹作家的作品而言的。我有资格做这种概括吗？说实话，心里有些发虚，因为我对当代的散文，可以说是没有多少研究，仅限于肤表的认识。

在这里，我不得不对自己在散文阅读与研习方面的基础，做出如实的交代：实事求是地说，20世纪前50年的散文我还算读过不少，鲁迅、茅盾、冰心、沈从文、朱自清、俞平伯、老舍、徐志摩、郁达夫、凌叔华、胡适、林语堂、周作人等人的散文作品，虽然我读得很不全，但名篇、代表作都读过一些。这点文学基础是我从中学教科书、街上的书铺、学校的图书馆，以至后来在北大修王瑶的中国现代文学史期间完成的。在大学，念的是西语系，后又干外国文化研究这个行当，从此，不得不把功夫都用在读外国名家名作上面去了。就散文作品而言，本专业的法国作家作品当然是必读的：从蒙田、帕斯卡尔、笛卡儿、伏尔泰、狄德罗、卢梭，到夏多勃里昂、雨果、都德，直到20世纪的马尔罗、萨特、加缪等。其他专业的作家如英国的培根、德国的海涅、美国的爱默生、俄国的屠格涅夫等人的作品，也都有所涉猎。但我对中国20世纪50年代以后的半个多世纪以来的散文随笔就读得少之又少了，几乎是一穷二白。承深圳海天出版社的信任，张罗“本色文丛”，这对我来说，实在是“专业不对口”，只是为了把工作做得还像个样子，才开始拜读当代文坛名士高手的散文随笔作品。有不少作家的确使我很钦佩，他们在艺术上的讲究是颇多的，技艺水平也相当高，手段也不少，应用得也很熟练，读起来很舒服，很有愉悦感，很有美感。

不过，由于我所读的中国现代文学中的散文名家，以及外国文学中的散文作家，绝大部分都是创作者与学者两重身份相结合型的，要么是作家兼学者，要么就是我所说的“有学者底蕴的作家”，“近朱者赤近墨者黑”，耳濡目染，自然形成我对散文随笔中思想底蕴、学识修养、精神内容这些成分的重视，这样，不免对当代某些纯粹写作型的散文随笔作家，多少会有若干不满足感、欠缺感。具体来说，有些作家的艺术感以及技艺能力、细腻的体验感受，固然使人钦佩，但是往往欠于思想底气、学养底蕴、学识储蓄，更缺隽永见识、深邃思想、本色精神、人格力量，这些对散文随笔而言，恰巧是至关重要的东西。当然，任何一篇散文作品是不可能没有思想，不可能不发表见解的，但在一些作家那里，却往往缺少深度、力度、隽永与独特性。更令人失望的是，有些思想、话语、见识往往只属于套话、俗话甚至是官话的性质，这在一个官本位文化盛行的社会里是自然的、必然的。总而言之，往往缺少一种独立的、特定的、本色的精气神，缺乏一种真正特立独行而又具有普遍意义的人文精神。

以上这种情况已经露出了不妙的苗头，还有更帮倒忙的是艺术手段、表现技艺的喧宾夺主，甚至是技艺的泛滥。表现手段本来是件好事，但如果没有什么可表现的，或者表现的东西本身没有多少价值，没有什么力度与深度，甚至流于凡俗、庸俗、低俗的话，那么这种表现手段所起的作用就恰好适得其反了。反倒造成装腔作势、矫揉造作、粉饰作态、弄虚作假的结果。应该说，技艺的讲究本身没有错，特别是在小说作品中，乃至在戏剧作品中，是完全适用的，也是应该的，但偏偏对于散文这样一种直叙其事、直抒胸臆的文体来说，是不甚相宜的。若把这些技艺都用在散文中间的话，在我们的眼前，全是丰盛的美的辞藻，全是绵延不断、绝美动人的文句，全是至美极雅的感受，全是绝美崇高的情感……在我看来，美得有点过头，美得叫人应接不暇，美得叫人透不过气来，美得使人有点发腻。对此，我们虽然不能说这就是“善于表现，可惜没有什么好表现的”，但至少是“善于表现”与“可表现的”两者之间的不平衡，甚至是严重失衡。

平衡是万物相处共存的自然法则，每个物种、每个存在物都有各自的特点，既有优也有劣，既有长也有短，文学的类别亦不例外。艺术散文有它的长处，也必然有与其长处相关联的软肋。对我们现在要说道说道的学者散文，情形也是这样。学者散文与艺术散文，当然有相当大的不同，即使说不上是泾渭分明，至少也可以说是各有不同的个性。我想至少有这么两点：其一，艺术散文在艺术性上，一般地来说，要多于高于学者散文。在这一点上，学者散文有其弱点，但不可否认，这也是学者散文的一个特点。显而易见，在语言上，学者散文的词汇量，一般地来说，要少于艺术散文。至于其色彩缤纷、有声有色、精细入微的程度，学者散文显然要比艺术散文稍逊一筹；在艺术构思上，虽然天下散文的结构相对都比较简单，但学者散文也不如艺术散文那么有若干讲究；在艺术手段上，学者散文不如艺术散文那样多种多样、花样翻新；在阅读效果上，学者散文也往往不如艺术散文那么有感染力，能引起读者的悦读享受感，甚至引起共鸣的喜怒哀乐。其二，这两个文学品种，之所以在表现与效应上不一样，恐怕是取决于各自的写作目的、写作驱动力的差异。艺术散文首先是要追求美感，进而使人感染、感动，甚至同喜怒；学者散文更多的则是追求知性，进而使人得到启迪、受到启蒙、趋于明智。

这就是它们各自的特点，也是它们各自的长处与短处。这就是文学物种的平衡，这就是老天爷的公道。

讲清楚以上这些问题之后，我们再专门来说说学者散文，也许就会比较顺当了，我们挺一挺学者散文，也许就不会有较多的顾虑了。那么，学者散文有哪些地方可以挺一挺呢?

近几年来，我多多少少给人以“力挺学者散文”的印象。是的，我也的确是有目的地在“力挺学者散文”，这是因为我自己涂鸦出来的散文，也被人归入学者散文之列，我自己当然也不敢妄自菲薄，这是我自己基于对文学史和文学实际状况的认知。

从文学史的发展来看，无论中外，散文这一古老的文学物种，一开始就不是出于一种唯美的追求，甚至不是出于一种对愉悦感的追求；也不是为了纯粹抒情性、审美性的需要，而往往是由于实用的目的、认知的目的。中国最古老的散文往往是出于祭祀、记述历史，甚至是发布公告等社会生活的需要，不是带有很大的实用性，就是带有很大的启示性、宣告性。

在这里，请容许我扯虎皮拉大旗，且把中国最早的散文文集《左传》也列为学者散文型类，来为拙说张本。《左传》中的散文几乎都是叙事：记载历史、总结经验、表示见解，而最后呈现出心智的结晶。如《曹刿论战》，从叙述历史背景到描写战争形式以及战役的过程，颇花了一些笔墨，最终就是要说明一个道理：“夫战，勇气也。一鼓作气，再而衰，三而竭。”我不敢说曹刿就是个学者，或者是陆逊式的书生，但至少是个儒将。同样，《子产论政宽猛》也是叙述了历史背景、政治形势之后，致力于宣传这一高级形态的政治主张："政宽则民慢，慢则纠之以猛，猛则民残，残则施之以宽。宽以济猛，猛以济宽，政是以和。"此一政治智慧乃出自仲尼之口，想必不会有人怀疑仲尼不是学者，而记述这一段历史事实与政治智慧的《左传》的作者，不论是传说中的左丘明也好，还是妄猜中的杜预、刘歆也罢，这三人无一不是学者，而且就是儒家学者。

再看外国的文学史，我们遵照大政治家、大学者、大诗人毛泽东先生的不要"言必称希腊"遗训，且不谈柏拉图与亚里士多德，仅从近代"文艺复兴"的曙光开始照射这个世界的历史时期说起，以欧美散文的祖师爷、开拓者，并实际上开辟了一个辉煌的散文时代的几位大师为例，英国的培根，法国的蒙田，以及美国的爱默生，无一不是纯粹而又纯粹的学者。说他们仅是"学者散文"的祖师爷是不够的，他们干脆就是近代整个散文的祖师爷，几乎世界所有的散文作者都是在步他们的后尘。只是后来由于各种复杂的历史原因，到了我们的现实生活里，才有艺术散文与学者散文的不同支流与风格。

这几位近代散文的开山祖师爷，他们写作散文的目的都很明确，不是为了抒情，不是为了休闲，不是为了自得其乐，而都是致力于说明问题、促进认知。培根与蒙田都是生活在欧洲历史的转变期、转型期，社会矛盾重重，现实状态极其复杂。在思想领域里，以宗教世界观为主体的传统意识形态已经逐渐失去其权威，“文艺复兴”的人文主义思潮与宗教改革的要求，正冲击着旧的意识形态体系，推动着历史的发展。他们都是以破旧立新的思想者的姿态出现的，他们的目标很明确，都是力图修正与改造旧思想观念，复兴人类人文主义的历史传统，建立全新的认知与知识体系。培根打破偶像，破除教条，颠覆经院哲学思想，提倡对客观世界的直接观察与以实验为基础的科学方法，他的散文几乎无不致力于说明与阐释，致力于改变人们的认知角度、认知方法，充实人们的认知内容，提高人们的认知水平。仅从其散文名篇的标题，即可看出其思想性、学术性与文化性，如《论真理》《论学习》《论革新》《论消费》《论友谊》《论死亡》《论人之本心》《论美》《说园林》《论愤怒》《论虚荣》，等等。他所表述所宣示的都是出自他自我深刻体会、深刻认知的真知灼见，而且，凝聚结晶为语言精练、意蕴隽永、脍炙人口的格言警句，这便是培根警句式、格言式的散文形式与风格。

蒙田的整个散文写作，也几乎是完全围绕着“认知”这个问题打转的，他致力于打开“认知”这道门、开辟“认知”这一条路，提供方方面面、林林总总的“认知”的真知灼见。他把“认知”这个问题强调到这样一种高度，似乎“认知”就是人存在的最大必要性，最主要的存在内容，最首要的存在需求。他提出了一个警句式的名言：“我知道什么呢？”在法文中，这句话只有三个字，如此简短，但含义无穷无尽。他以怀疑主义的态度提出了一个对自我来说带有根本意义的问题：对自我“知”的有无，对自我“知”的广度、深度和力度，提出了根本性的质疑；对自我“知”的满足，对自我“知”的权威，对自我“知”的武断、专横、粗暴、强加于人，提出了文质彬彬、谦逊礼让，但坚韧无比、尖锐异常的挑战。如果认为这种质疑和挑战只是针对自我的、个人的蒙昧无知、混沌愚蠢、武断粗暴的话，那就太小看蒙田了，他的终极指向是占统治地位的宗教世界观、经院哲学，以及一切陈旧的意识形态。如此发力，可见法国人的智慧、机灵、巧妙、幽默、软里带硬、灵气十足，这样一个软绵绵的、谦让的姿态，在当时，实际上是颠覆旧时代意识形态权威的一种宣示、一种口号，对以后几个世纪，则是对人类求知启蒙的启示与推动。直到20世纪，“Que sais - je”这三个简单的法文字，仍然带有号召求知的寓意，在法国就被一套很有名的、以传播知识为宗旨的丛书，当作自己的旗号与标示。

在散文写作上，蒙田如果与培根有所不同，就在于他是把散文写作归依为“我知道什么呢？”这样一个哲理命题，收归在这面怀疑主义的大旗下，而不像培根旗帜鲜明地以打破偶像、破除教条为旗帜，以极力提倡一种直观世界、以科学实验为基础的认知论。但两人的不同，实际上不过是殊途同归而已，两人的“同”则是主要的、第一位的。致力于“认知”，提倡“认知”便是他们散文创作态度的根本相同点。值得注意的是，在他们的笔下，散文无一不是写身边琐事，花木鱼虫、风花雪月、游山玩水，以及种种生活现象；无一不是“说”“论”“谈”。而谈说的对象则是客观现实、社会事态、生活习俗、历史史实，以及学问、哲理、文化、艺术、人性、人情、处世、行事、心理、趣味、时尚等，是自我审视、自我剖析、自我表述，只不过在把所有这些认知转化为散文形式的时候，培根的特点是警句格言化，而蒙田的方式是论说与语态的哲理化。

从中外文学史最早的散文经典不难看出，散文写作的最初宗旨，就是认识、认知。这种散文只可能出自学者之手，只可能出自有学养的人之手。如果这是学者散文在写作者的主观条件方面所必有的特点的话，那么学者散文作为成品、作为产物，其最根本的本质特点、存在形态是什么呢？简而言之，就是“言之有物”，而不是“言之无物”。这个“物”就是值得表现的内容，而不是不值得表现的内容，或者表现价值不多的内容，更不是那种不知愁滋味而强说愁的虚无。总之，这“物”该是实而不虚、真而不假、厚而不浅、力而不弱，是感受的结晶，是认知的精髓，是人生的积淀，是客观世界、历史过程、社会生活的至理。

既然我们把“言之有物”视为学者散文基本的存在形态，那就不能不对“言之有物”做更多一点的说明。特别应该说明的是，“言之有物”不是偏狭的概念，而是有广容性的概念；这里的“物”，不是指单一的具体事物或单一的具体事件，它绝非具体、偏狭、单一的，而是容量巨大、范围延伸的：

就客观现实而言，“言之有物”，既可是现实生活内容，也可是历史的真实。

就具体感受而言，“言之有物”，是言之由具象引发出来的实感，是渗透着主体个性的实感，是情境交融的实感，特定际遇中的实感，有丰富内涵的实感，有独特角度的实感，真切动人的实感，足以产生共鸣的实感。

就主体的情感反应而言，“言之有物”，是言之有真挚之情，哪怕是原始的生发之情。是朴素实在之情，而不是粉饰、装点、美化、拔高之情。

就主体的认知而言，“言之有物”，首先是所言、所关注的对象无限定、无疆界、无禁区，凡社会百业、人间万物，无一不可关注，无一不应关注，一切都在审视与表述的范围之内。这一点固然重要，但更为重要的是，对关注与表述的对象所持的认知依据与标准尺度，是符合客观实际的，是遵循科学方法的。更更重要的是，要有独特而合理的视角，要有认知的深度与广度，有证实的力度与相对的真理性，有耐久的磨损力，有持久的影响力。这种要求的确不低，因为言者是科学至上的学者，而不是感情用事的人。

就感受认知的质量与水平而言，“言之有物”，是要言出真知灼见、独特见解，而非人云亦云、套话假话连篇。“言之有物”，是要言出耐回味、有嚼头、有智慧灵光一闪、有思想火光一亮的“硬货”，经久隽永的“硬货”。

就精神内涵而言，“言之有物”，要言之有正气，言之有大气，言之有底气，言之有骨气。总的来说，言之要有精、气、神。

最后，“言之有物”，还要言得有章法、文采、情趣、风度……你是在写文章，而文章毕竟是要耐读的“千古事”！

以上就是我对“言之有物”的具体理解，也是我对学者散文的存在实质、存在形态的理念。

我们所力挺的散文，是“言之有物”的散文，是朴实自然、真实贴切、素面朝天、真情实感、本色人格、思想隽永、见识卓绝的散文。

我们之所以要力挺这样一种散文，并非为了标新立异、另立旗号，而是因为在当今遍地开花的散文中，艳丽的、娇美的东西已经不少了；轻松的、欢快的、飘浮的东西已经不少了；完美的、理想的东西已经不少了……“凡是存在的，必然是合理的”，请不要误会，我不是讲这些东西要不得，我完全尊重所有这些的存在权，我只是说“多了一点”。在我看来，这些东西少一点是无伤大雅、无损胜景、无碍热闹欢腾的。

然而相对来说，我们更需要明智的认知与坚持的定力，而这种生活态度，这种人格力量，只可能来自真实、自然、朴素、扎实、真挚、诚意、见识、学养、隽永、深刻、力度、广博、卓绝、独特、知性、学识等精神素质，而这些精神素质，正是学者散文所心仪的，所乐于承载的。

2016年9月20日完稿

回忆是我们不会被逐出的唯一天堂乐园。

——［德国］让·保尔

前　言

近年来回忆录之类的书出现了不少。一类是关于大人物的，一类是关于地方的旧时风貌的。在国外，政治家、将军退休之后一般都会写本回忆录。国内有点儿名气的演员、主持人也会这样做。我是一个再普通不过的人，写回忆录是否有点多此一举呢？好在别的方面不敢说，自信在这本小书里自我吹嘘的成分不会多，大概不至于有沽名钓誉之嫌。而且我最初写时仅仅是病后的一种自我排遣，本无意将其刊行面世。名人的身份特殊，吸引人之处固然多。不过我觉得普通人的生活记录，有如豆腐账、粮票、布票、侨汇券之类的文物，有时候倒更能真实反映一个时代的生活侧面，它自有名人回忆录无法替代之处。记得英国诗人 William Blake 曾在他的一首诗里写道：

To see a world in a grain of sand
And a heaven in a wild flower

Hold infinity in the palm of your hand

And eternity in an hour

按照他的说法，从一粒沙是可以窥见整个世界的面貌的，说不定，你所代表的那粒沙子、那朵野花，还正好能代表“无限”与“永恒”呢。依我看，像我这本回忆录这样的书有无存在的必要，首先要看它有没有显示出某个历史年代里某个阶层人物的真实思想面貌，哪怕只是显示了一些，即使是不算深刻，那它还是有存在的必要，就像一朵色香俱平淡无奇的野花也有权利在旷野上开放半天一样。况且，在我心目中，这仅仅是一份自己的家庭档案，是一个“识尽愁滋味”的老人回过头来重温自己“不识愁滋味”时日的一个记录。倘若在寒冬的某个雨夜，或是在黄沙蔽日的一个下午，我的（当然不排除别人的）孩子或是孩子的孩子，偶尔想起家中有这么一份“稿本”，决心要找出来翻读某个片段，从而知道发生在某时某地与他的先辈有关的某一件事，体会到此人曾经有过的快乐或辛酸，并且通过这次阅读对人世能有深一步的理解，那么，这个稿本就算是起到了它的作用，而一个老人若干时日的辛劳也不算是白忙一场了。

由于是想到哪里写到哪里，时序上不免有些混乱。但也想不出什么更好的处理办法。记忆不准确的地方也一定不会少。好在这不是什么学术著作，就请有兴趣者姑且这么读吧。文前所引德国作家的话，是内子佩芬读了初稿后特地译出托我转献给读者的。

李文俊　癸未春月识于华威西里
丙戌秋日修订

CONTENTS

目录

上篇　天凉好个秋

中篇　尘缘未了

下篇　静轩杂录

上篇　天凉好个秋

自报家门

我，李文俊，于1930年12月8日出生于上海。（我母亲在写给我的一封信里说："汝出生于1930年［庚午］属马，旧历十月十九夜十一时三刻。"）我父亲名为李廷芳，1899年12月14日生，1994年去世。母亲梁冠英，1907年2月15日生，1987年去世。我在兄弟姐妹中排行第三。大哥比我大三岁。二姐大我一岁，很可惜已于14年前殁于美国。妹妹小我五岁。六弟小我七岁。八弟1939年9月18日生。小时听母亲说，还有一个四弟，最最聪明乖巧，可惜很小就夭折了。另外还有一个七弟，也未能在世界上存在多久。

父亲原籍广东香山（现为中山）石岐茅湾村，不过我少年时曾见到家中保留的一本家谱，上面说我的始祖（名字似为李东源）是从安徽迁到广东去的，因为辈数不是很多，我想应是"长毛之乱"时的事情吧。父亲幼时即随父母从香山老家到苏州居住。祖父曾在苏州火车站西餐厅工作。我小时候还见过他的工作服，并且试穿过，因为我觉得很好玩，它有点像童子军制服。当时我因为家中拿不出钱给我做一套制服，未能参加学校组织的远足活动，不大高兴。父亲和祖父母在苏州时住在一条靠小河的街巷上，房东叫“老杨（羊）妈妈”。在苏州话里后两字是读作“miē miē”的，想来就是形容羊叫的“咩咩”声的那两个字了。我小时（大约三岁吧）曾随父母兄姐去看过“旧居”，对那位殷勤热情、语音悦耳、见了小孩喜欢不已的老太太还依稀有点印象。我祖父嗜酒，似乎常常被酒友们架回家中。这样便自然逝世较早。我

父母的结婚照

父亲一生不抽烟不沾酒，想来是与他年幼时的所见所闻、所受到的刺激不无关系吧。我父亲由我祖母（我们用粤语叫她“阿婆”）一手拉扯大。祖母自然吃了不少苦。父亲在贫穷状态下读完了苏州的粹英中学。后来通过一个在怡和洋行工作的长辈亲戚李殿邦的关系，来到上海，进入那里的茶叶部，从学徒一直做到部门经理。当然，他上面还有真正掌权的英国“茶师”。据我了解，他那个部门所做的业务，就是从祁门一带把红茶收来，装入木箱，销到英国去。我父亲一到茶叶店或是百货公司的茶叶部，总喜欢将缸子、箱子里的红茶捞起一把，凑到鼻子前狠狠地吸气嗅闻，沾得满鼻子都是茶叶。店员见他西装笔挺，倒也不敢拦阻。怡和洋行茶叶部所做的应该都是正正经经的合法外贸生意，与其前身“东印度公司”贩卖鸦片并不是一回事。

我记得在他工作满四十年时，茶叶部“老番”茶师 Mr.Norton（还是 Naughton?）还送给他一支黑色的派克钢笔（是钢笔头包在里面露出一个金色小尖头的那种，当时很流行，型号好像叫“派克 51”）。爸爸把笔转送给我用，却让我在上复旦大学时不小心弄丢了。

米雨阿婆

父亲是阿婆含辛茹苦带大的，因此对“老母”（也是粤语中的称呼）非常孝顺。我记得小时候有一次下课后，带了几个同学到我家中玩，阿婆嫌我们吵闹，把小朋友轰了出去。我觉得既无趣又很失面子，于是便从米缸里抓了一把米，朝奶奶脸上扔去。奶奶在爸爸放工回家后向他告了状，爸爸是左近一带有名的孝子，他操起木棍把我打了一顿。我现在想想，好像有点雷声大雨点小，主要是打给阿婆看让她出气的。这是父亲打我为数不多的一次。我记得还有一次，是因为地板上泼上一摊水，我竟用几张马桶间的手纸去吸，挨了一下“头塌”。

阿婆脾气有些怪。她只喜欢长孙——我的大哥，对别的孙儿孙女都爱搭不理的。好像也并不喜欢我的母亲，她用广东话称母亲为“家嫂”。她只会讲广东话，与周围江浙籍邻居都不来往，加上面相有些凶，因此我们都不喜欢她。妈妈暗地里对老太太吃饭时总是把肉骨头、鱼刺径直往地上吐表示不满，认为这是“乡下人”的不文明习惯。另外，母亲也认为祖母嗜吃腥气扑鼻的咸鱼虾酱这种海边渔民的口味并不高雅。不过，我从未见过母亲与祖母顶嘴。相反，她有些惧惮祖母，祖母过世后她有时会向我们形容祖母如何一发脾气就要用手杖戳击地板，使我母亲神经十分紧张。当时，在一个家庭里，婆婆对儿媳的优势地位还是确定不移的。而且总的说来，陈规旧习在广东人家庭中要比江南人家庭中保存得更多一些与更久一些。

祖母每天下午都要拄着拐杖出去散步，买一两样零食用手绢包着带回来。她见到大哥便会从小包包里取出一只熟透（因而价格特低廉）的香蕉，塞给大哥，嘴里一边亲热地喊道：“大弟，大弟！”“妈妈也可能会嫌她给的食物不够洁净吧！”我想。

当时广东人中还流行蓄奴的陋习。我记得祖母先后“买”过两个丫头，丫头在广东话里叫“妹仔”。一个叫瑞香，年纪大后由祖母做主将她嫁给了家在江湾的一个农民。瑞香一年几次会带上些土产来走“娘家”。我见到的她是皮肤晒得黑黑的，镶了只金牙，已经完全是个上海郊区农民的模样了。她当初在我们家时自然是讲广东话的，可是此时，只能结结巴巴说一点了。我小时也曾随父母到江湾乡下去看她。见到她丈夫高高大大，蛮神气的，态度上也落落大方，不大像一般的乡下人，后来土改时想必会划为“富裕中农”的吧。在他家吃饭时，端上来一碗红烧肉，皮上的毛都没有刮干净，使我们难以下咽。祖母的另一个丫头叫采莲，那可是个人物。她比我们大不了多少，主要的任务是带领我的小名叫“牙牙”的妹妹玩。但是她更上心的是自己玩耍。我还记得她学自行车的情景，只见她歪歪斜斜地在弄堂里骑一辆不知从哪个小后生那里借来的旧车，随时都会倒下来。但是过不多久也真的给她学会了。过了几年，有一天，她私自跑了，听说连她的卖身契也被她从祖母生前藏着的箱子里找出来带走了，足见这是个有点心计的女子。后来有熟人见到她，说是在八仙桥附近开了一家美发厅，严格地说是她的情人开的。用当时的说法那人应该是她的“姘夫”了，因为没有我母亲的主持（当时她真正的主人我的祖母已经去世），她不能算是明媒正娶的。当然，我母亲思想比较新派，绝对不会去与她理论的。

祖母在抗日战争时生病（好像是脑溢血）去世了。当时父亲在香港，丧事由我母亲借殡仪馆的地方操办。母亲听从同乡的主意，找了一个广东“南无佬”（相当于风水先生）按广东规矩进行。在我印象中此人神神叨叨的，例如，擅自给我们家起了个“乐善堂”的名称，其实像我们家这样的寒门根本不兴这一套的。当时八弟只是个婴儿，因父亲不在，还未正式起名，这位先生给小弟起了个名字，叫“震宇”。这名字又让母亲改为“文宇”，以与别几个儿子的辈分称呼统一，小弟的这个名字就这样一直用下来了。一次规模不算小的丧仪（我记得地方不小，挂了很多白色的幔联）也居然由我母亲一人主持办下来了，可见她还是有些办事能力与决断力的。

苏州外婆家

父亲是在抗日战争爆发前被洋行领导从上海调去香港分行工作的。起先，他定期汇钱回家，还托人捎回来一些衣物。我记得其中有一件是枣红色的夹克衫，上面镶有皮子，那款式很“港”，上海是没有的。大哥穿了，在弄堂里出足风头。当时大哥手里零用钱颇多，小伙伴都敲他竹杠，他也很大方，完全不像后来那么精于计算。我也领到过一件“皮”夹克，但穿了没多久，便裂了很多口子。而且越到冬天越不暖和。显然，那是塑料一类材质（广东人把这类人造品叫“化学”东西）做的。可见，我爸爸收入也不会多到哪里去。当时有些女邻居总要在我母亲耳边嘁嘁嚓嚓，让她当心父亲在香港另外找女人。我母亲总是坚决表示，她相信也深知父亲是绝不会这样做的。

前面写到，我幼年时，爸爸妈妈曾把小孩们带到苏州去。全家出行，除了访问父亲旧居外，还有更重要的原因。那就是我妈妈的娘家当时仍然在那里，那宅院似乎就是在观前街一带。我印象中最最深的就是院子里的那口水井。因为外婆家的仆佣早已把西瓜扔在井水里浸泡，等我们这些客人来后便捞起来切开给我们吃。西瓜又甜又凉，好吃极了。这口井能映出人影，水一动人影也变化莫测。大概我的艺术细胞就是在这种状况下得以分裂与繁殖孳生的。那次应该算是母亲的“归宁”了，不过我不记得见到过外公，他大概已经去世了。

外公曾是一位成功的商人，苏州的第一家照相馆“兴昌照相馆”便是他开设的。另外，他还开了“兴昌大药房”。这些店在武汉、郑州等处都开有分店，后来因为用人不当，店产一点点被账房先生蚀空，家道逐渐中落。我母亲认为，中落的主要原因是儿子太小，帮不上忙。我大外婆没有生育，外公很晚娶了妾，即我的小外婆，这才有了一女二子。但大娘舅很年轻就去世了。听说他是个绝顶聪明的人。据说，“紫雪糕”这一名称，还是他应“美丽牌”冷饮公司之征，想出来中了奖而被采用的，直到不久之前，出“光明牌”的公司似乎还在用这三个字。

至于我与大舅父的关系，好像只有一件事值得一提：我一岁左右时，大舅父把我抱到百善坊住房晒台上去晒太阳。他从兜里摸出一枚银圆来给我玩，殊不知我一扬手竟把银圆扔到外面马路上去了。急得大舅父赶紧跑下楼冲出门去捡，好在当时并没有路人经过。大舅父年纪轻轻便染上肺结核去世了。有一遗孀住在广东南海乡下，很久不通消息，现在怕也早已不在人世了吧。多年后我曾重访虹口旧居，见到我摔银圆的阳台就在二层，离地面确实是很近的。

外公看来是个干练的人。听母亲说，有一回他出外办事遇见持刀的暴徒要抢他手中的包。外公一边拼命奔跑，一边用英语大声呼叫："Police! Police!"（母亲学给我听时用的就是这个英语单词）好不容易总算逃脱，但大褂上还是被划了一个大口子。

由于外公开过照相馆，我家旧照片不少。大多数照的都是少女时代的我的母亲。在见到的照片里，母亲梳着民国初年的发式，似是在脑后盘一个髻，穿了旧时时髦女学生穿的长裙短褂，摆出了各种各样的姿势（pose）。背景则是画出来的风景。照片所附的硬纸板亦相当精美，大都在"文革"时让家人精简掉了。从那些照片看得出，我母亲那会儿也算得上是个美貌女子呢。

少女时期的母亲

鸿德堂乞讨

儿时的印象还有：和姐姐、哥哥一起在虹口公园（即今之鲁迅公园）玩耍。当时我们住在北四川路（现称四川北路）横滨桥，离公园很近。不过，这印象也许是得自家中所藏的发黄的老照片。另一件有点印象的事情是：我三岁到五岁时曾独自一人，去附近的一所礼拜堂，向站在教堂门口散发宗教宣传品的阿姨索要一张。阿姨说："侬小人看勿懂。"我用生硬的广东腔上海话（因家中通常只讲广东话）反驳说："拿番去俾我姆妈睇。"意思是：拿回去给我妈妈看。传教的阿姨只好给了我一张。这件事后来被我母亲反复讲，用以说明我是个聪明的孩子，还说我会临时改用上海话（当然很不地道）讲，说明我有"应变能力"，真是不简单。不久前我重游虹口，在多伦路上见到一座鸿德堂，那儿门口的形状与我印象中儿时所见差不多，我虽然没有调查，但我猜想横滨桥一带不可能再有另一座教堂了。因此这里必定就是我七十多年前靠机巧讨得宗教图片的地方了。

另外我小时候皮肤比较白，广东人一般都比较黧黑。母亲说，我还很小时，有一天躺在床上，有一个远房亲戚，是个小姐姐，看到我，喊出声来说：“系（是）靓仔喔！”但我长大后相貌平平，要让那位小姐姐见到，怕是会失望了。这事我也不是直接记得，是听母亲讲的。我母亲是个感情丰富，有些艺术细胞的女子。她说起话来总是有声有色，还带点表演的手势与动作。她字写得很秀丽，但软中有硬（像是《星录书词》的那种字体），我记得她曾在我练毛笔字时站在我身后，把着我的手教我写。可惜到现在，我的字还没有她的好。母亲的文笔亦算得上生动老练，还爱夹用些文言词语。她还保留着念初中时的几篇作文，我只记得其中一篇的主旨是鼓吹“好男要当兵”，足见她曾受到当时富国强兵思潮的影响。“文革”时她写给我的一封信里哀叹时局，还用了“夫复何言”这样的话，让我伤感了好半天。对于遣词用字，她也比较挑剔。记得有一回，见到某小学的公告里有“学生中有成绩优秀奇峰突出者，当可享受补助……”对这样的文字，便觉得好笑，认为是用词不当，或者是故意语意含混，存心不想让学生取得补助。她写信一定要用上好的带蓝线的正规道林纸信笺（她习惯于把纸横过来竖写），还一定要用那种插上鸡心形钢笔尖的蘸水钢笔。她不打稿，也从不涂改，但下笔前总要沉思片刻。这就是在打腹稿了。她还喜欢作画。她年轻时，在初中毕业后曾考取苏州艺术专科学校，校长是早期油画家颜文梁先生。她告诉我们，她去上学的第一天，一看，全班只有她一个女生，第二天就不敢去了。我小时，家中大衣柜顶上，还放有一卷她年轻时作的水彩风景画、静物画，有时兴致来了，她便会取下展开，一边给几个儿女看，一边怀念已逝的青春岁月。有一次她还教过我唱京戏，唱的是《四郎探母》里“一马离了西凉界”那一段。下面还有“青的山，绿的水，花花世界”等唱词。当然，她也就是轻声哼哼，没有用老生腔大声吼叫，而且是在亭子间里关上了门，很神秘的样子。我现在想，那一定是当时她心情很郁闷了，必定也是觉得“我好比笼中鸟、南飞雁与浅水龙”了。这大约是在日军占领香港，我父亲音信全无家里生计难以维持的日子里的事情。那个阶段里，每当我向她索要一些零用钱时，她总是说：“石子里榨不出油呀。”我还自作聪明地顶嘴说：“不是有石油吗？”不过我母亲的经济头脑是不行的。用钱上也不大愿意多加计算，整天大大咧咧、嘻嘻哈哈的，难怪小菜场里的菜贩给她起了个外号：“快活大小姐”。

我记得母亲较年轻的时候喜欢唱歌，严格地说仅仅是轻声哼唱。她最爱唱的歌里有一首是《秋水伊人》。最近，我在报上见到贺绿汀所作的这首歌的歌词全文。现在抄录如下，因为我感觉它与我母亲当时的气质、心境有些相关：

“望穿秋水，不见伊人的倩影。更残漏尽，孤雁两三声；往日的温情，只换得眼前的凄清。梦魂无所寄，空有泪满襟。几时归来呀，伊人哟！几时你会穿过那边的丛林？那亭亭的塔影，点点的鸦阵，依旧是当年的情景，只有你的女儿哟！已长得活泼天真：只有你留下的女儿哟，来安慰我这破碎的心！”

另外，有一首叫《初恋》的歌，依稀记得我母亲也哼唱过。歌词是：

“我走遍了漫漫的天涯路，我望断遥远的云和树，多少的往事堪重述，你呀，你在何处？我难忘你的哀怨的眼睛，我知道你沉默的情意，你牵引我到一个梦中，我却在别个梦中忘记你。啊！我的梦魂遗忘的人，啊！受我最初祝福的人，终日我灌溉着蔷薇，却让幽兰枯萎。”

当然，记住全部的歌词对于当时的我，是一件过于艰巨的任务。福克纳在小说《喧哗与骚动》里让班吉这个智障儿童说出父亲讲过的拉丁语“Et ego in arcadia”，译到这里我总觉得别扭。这里引录的歌词，我也是从有关资料里查找出来的。不过，母亲当时哼唱的那种气氛，我却是深深感受到并且记忆犹新的。现如今，有一班小女子成天瞎吵吵“小资”什么的。其实，最老最纯的小资恐怕还是我母亲那一代人吧。

母亲的艺术气质传给了我们几个兄弟姐妹。如大哥过于自信与想法特多，大姐热情有余却有些马马虎虎和不负责任，还有我对外国文艺的爱好与妹妹喜欢观察与分析周围的人与事。是母亲一开始便坚持让姐姐学钢琴，才使我们家有好几个人以及下一代好几个人都走上文艺这一条路。

佩芬与我结婚后曾回上海老家。她还记得母亲与她十分投缘。除了向佩芬展示自己的文艺爱好外，还给她表演了自己体育方面的才能：她当时已开始进入老年却还能踢毽子给儿媳看。除了左右脚内侧踢外，还能用脚的外侧踢。使佩芬感到意外的，不仅仅是她身段的灵活，而是婆婆对儿媳不但没有摆出一般会有的矜持与倨骄，反而是分外的亲热与对同辈人的平等态度。

与张佩芬的结婚照和合影

“八岁离开广东”

前面讲了不少母亲方面的事，现在再来说说我印象中的父亲。我想先在这里引用他写给我的一封信。从中可以看到一些有关我的家世情况。父亲的信是这样写的：

“你在 9 月 25 日曾来信问我，想到茅湾去看看老家，问我有什么熟人。我收到信后，真是没有办法讲出来！

少年时期的我

“我从八岁离开茅湾后，已有八九十年了，老的已经过世了，年轻的都不认识！我的房子一共有两间，一间给张润婆住了，还有一间给她儿子、媳妇等住了！而且房子都很小的，房子后面有菜园及禾场、果园等，到现在已经大大变动了，或者归公了！

“我的母亲是乌石乡人士（氏）。她一家有很多人，有四姊妹、两兄弟：大舅父叫郑惠贞，早年去美洲，在那里开了一家杂货店，后来叫他的儿子阿山继续他的位置，惠贞独自回乡下。在抗日期间，我在香港渣甸洋行任职，惠贞舅父曾与我通过信，叫我帮助他孙子交学费。关于二舅父惠回，早年已过世，他的孙子阿佩在1930年左右来上海，曾在怡和洋行栈房做过工作，抗日战争期间不幸去世。

“听说阿佩的母亲也住在茅湾村，对于我的房子等情况，她都知道的。

“其实茅湾村离澳门是十分近，一望就可以看到澳门。”

我父亲木讷寡言，言语表达能力较差。他要么不说话，一说话就嗓门特大，这是因为他耳朵有点重听的关系。他身材高大挺拔，走起路来步子跨得又大又快。母亲和他一起出去，过上一阵总要叫一声：“廷芳，等一会儿呀。慢点儿呀。”父亲皮肤黝黑，很有点运动员的风度。他也的确爱好运动。我记得住虹口时每到星期天早上，他总去参加长跑。家中还保留有他和朋友浸在水里仅仅露出脑袋的照片，那说明他是会游泳至少是喜欢游泳的。他也喜欢旅游，我见到过他在南京明孝陵拍摄的照片。他星期天常带我们上公园去玩。我们兄妹们当时是很以他为骄傲的，认为他比别的孩子的父亲新派，而且在洋行上班，那么英文必定是水平很高的了。我手中原来还保留有一封他写给我的英文信，是他去世前不久写的。他大概是希望他的三儿能和他用英语通通信，让他过上用英语写作的瘾的。可惜我当时偷懒，没有想到是应该顺从他的意愿的。没过多久，1994年2月7日，父亲去世了。虽说他活到九十四岁也算是长寿了，我近年来手头比过去稍稍宽裕些，便总排遣不去一种“子欲养而亲不待”的无奈之感。至于我的母亲，则走得更早一些。她1987年5月18日去世后，我们在她记“豆腐账”的一个练习本上发现她写下的这些话：

“无病而终，倒也十分痛快，聊尽人事，以俟天年，对生死等闲视之。”其实她是有病的。不过她的洒脱态度在老年人中还是不多见的。

我家住横滨桥时，有天早上父亲去上班。好像是他在北四川路上等有轨电车时，前面的一辆汽车为给电车让路歪向一侧，撞上路边的黄包车，黄包车又撞上了在等电车的父亲，使他跌倒并且昏迷，在医院住了一段时间总算康复。对目击的熟人跑来通知母亲，母亲急匆匆冲出家门的情景，我好像还有点印象。这可能是我最早的记忆了。除了这件事之外，我印象中还有到外白渡桥去看夜景的事，那天因为英王乔治六世加冕，上海英租界热闹非凡，黄浦江边与桥上张灯结彩，使我眼花缭乱。我查了一下大百科，那天应是 1937 年 5 月 12 日。我六岁多还未满七岁。

家中曾经有一幅在照相馆拍摄的照片，是布纹相纸贴在美术硬纸板上比较讲究的那种。上面是五个头发往后梳，涂了不少凡士林、皮肤黝黑的广东青年。他们是结拜兄弟，大哥是我父亲，老二姓唐，老三姓陈，老四姓梁，老五姓汤。这位汤先生后来与一富家小姐结了婚，与兄长们不大来往，所以我对他的情况也不甚了了。他长年住在静安寺路平安大戏院西边一个当时挺洋派的叫做“沧州饭店”的旅馆里，所付房租必定不赀。至于他为什么要这样做，有什么好处，我至今仍然不解。家中人走过“沧州饭店”时，总要朝那边指指点点。这家饭店我后来居然也去住过一晚。20 世纪 80 年代初，我们单位几个人出差去沪，没有地方住，还是同行的一位女同志靠了她老首长陈沂的关系，我们几个人才能住进去。结果发现那儿已是部队的一个招待所（似叫“江陆饭店”了），乱得很，好多人住一个大房间，显然成了复员军人的中转站。门口管进出登记的小房间窗前坐着一位女工作人员（也穿军服），长得挺漂亮，竟成天有几个返回家乡途中的退伍小兵在窗口外跟她纠缠不休，他们涎皮赖脸，一点不像我心中已经定型的解放军战士。我在大房间里与一批复员回家的老兵油子住在一起，那里一整夜直到天亮灯都亮着不关，半导体收音机亦兀自响着，我这个容易失眠的人哪里还睡得着。第二天一早，我就躲开这个没有三八作风的军事招待所，跑到姐姐家里，和外甥一起睡到他们家的顶楼上去了。

父亲的二弟唐先生相貌堂堂，留两撇小胡子，说话声音深沉洪亮。我后来看了大仲马的《三剑客》，总把他跟小说里那位胖胖的波托斯连在一起。我家逃难搬至法租界时，唐叔帮我们买来一架 Watson 牌电风扇，风扇翼子是黄铜的，光闪闪的十分神气。唐叔叔帮我们在一根木柱上安了个座架，把风扇固定在上面，插上扑落，打开开关，风扇不但送来凉风，而且金光四射，十分壮观。唐叔叔战前是英租界“万国商团”的一名“义勇军”。那是保安队一类的组织。可能是他有点亲英美吧，他的看法与流行的都不大一样。我记得他在讲到沈崇案件时用了一个英文词“induced”（诱使）。说到《资本论》时用的是德文词“Das Kapital”。显然想表示他对“这一套”是门儿清，心里有数，别人休想拿什么大道理来蒙骗他。中华人民共和国成立初期，他被临时派到北京做外贸翻译，住在当时新建的“和平宾馆”。他很看不起这幢新盖的建筑物，说是厕所里居然还要让人将大便纸放入边上的字纸篓，简直是“太土”了。他说他不理这一套，仍然将用过的手纸丢在马桶里。

陈叔四十年代时在一家私家银行当襄理，大哥到钱庄去当练习生好像还是他介绍的。他先后把周家都很漂亮的两姐妹都娶到家里，一大一小。当时，像他这样年纪的人已经不作兴这样做了。父母都觉得他这样做未免太过分，有点放纵，而且也不合潮流。陈叔、梁叔后来都去了香港，五十年代初陈叔还代表银行到北京来开过会，我与佩芬去看他，在前门外一家老字号好像叫“鸿宾楼”的清真饭庄，请他吃了一顿饭。他说我现在算是“翻译官”了吧，我听了暗自觉得好笑。梁叔送给爸爸一件“Arrow”牌白衬衫，爸爸转送给了我。很肥大，像是电影里击剑手们穿的。我在70年代末“文革”结束开始搞业务时，见到过一本香港出版的《二十世纪美国文学》中译本，让爸爸去信请陈叔寄一本给我。过了一段日子我收到海关一张通知，说香港寄来的一本书“不宜进口，已退回”。这使得我怅然失望，不悦了好一阵子。

差点被拐走

还是回到我幼年时的事情上来。那时发生在我身上最大的有两件事，一件是生过一次很重的伤寒病，后来恢复期间我老是叫饿，让母亲很为难，因为据说得这种病就是不能多吃东西。她后来常跟我说起这件事，想必我那时饿狼般的眼光真的要把她的心撕碎了。吃的东西家中不是没有，可就是不能让我吃。现在想想父母把我养大，跨过一关又一关也确实是不容易。另外，最大的就是差点儿被拐走的这件事了。在我三五岁时，有一天，我独自在家门口玩，有个陌生人给我吃一根棒头糖，好言好语地哄着我，一边拖着我往郊外江湾方向走。幸亏当时正好有一个家里的熟人经过，是个阿姨或大姐姐，见到我被个陌生人拖着手向荒凉的地方走去，便大叫起来："这不是李家的三弟吗？"同时把我夺了过来，领回了家。如果说对前面的事之所以有印象可能是得自后来别人的复述，那么对于被拐走这件事我倒的确是记得一些的。我仿佛对天光、周围环境，譬如树影与篱笆等，以及被人送回家中时的情景朦朦胧胧还有点印象。当时这样的拐子是很多的，他们看中要拐的多半是三岁到五岁的男孩。拐到后便卖给农村小地主之类的人家当儿子。如果那位好心的熟人晚来一步，我的一生便会是另一样活法，肯定是不会写下这篇无甚可观的回忆供看官一粲了。

我还知道，我是在虹口施高塔路一带上的“幼稚园”。因为带班的一位黄老师喜欢我，所以竟在这个班上多念了一年，足见那时的做法是很不规范化的，家长也丝毫没有今天父母们为儿女前途着急的紧张心理。从伍迪·艾伦 2005 年发表的短篇小说《拒收》可以看出，纽约人家的小孩若是遭到曼哈顿最好的幼儿园的拒绝，那是会被视为对一家的致命打击的。

一撇短发

“八一三”事变后，由于日军入侵上海，虹口的居民纷纷外逃。我家亦在法租界拉都路西爱咸斯路（今称永嘉路）路口的一条弄堂里赁下房子居住。我家住一、二层，三层住的是父亲在怡和洋行的同事，大家叫他日叔。当时因为房子紧张，已经需要付出一笔为数不小的顶费了。

我最初上的是在辣斐德路（今复兴中路）和拉都路口东北侧的一所叫“贯一”的小学，校长叫沈世璟，教导主任姓严，都是女老师，留的是比男子的稍长一些的短分头，常有一撇短发落在脸前，神态总是非常的严肃。当时有些职业妇女习惯以这样的姿态出现，免得遭人轻薄。（据我所知，当时最常见的“性骚扰”，好像也就是恶少用一根手指在妙龄女子下巴颏处刮上一下。奇怪的是，这个动作现在反倒不大看见了。）我母亲在女老师面前总不免感到有些内疚，因为她自己也曾念过几年中学，再稍加努力也可以做到像她们一样的，但是如今却当了一名家庭妇女。尤其是严老师，她跟我母亲一样，说的也是一口苏州话，那就几乎等于是母亲自己的一个同学了。我母亲多少有点不甘心待在家里。我想，当时妇女解放、妇女自由的呼声对她还是有一定影响的。母亲有一个同学，名叫郭培德，是郭绍虞先生（我在复旦大学时上过他的“修辞学”课）的妹妹。人非常能干，口才好，听说字也写得非常好，像是在苏州教书，每次到上海，总来看我母亲。只见她二郎腿一跷，夹着根点燃的香烟的手指点点划划，口若悬河，使我后来读到“指点江山，挥斥方遒”时，总会想起这位女中豪杰。我母亲对她十分钦佩。在她走后，总不免有些感慨。在我印象中，这位郭老师就是我最初见到的一位才女了。

不是林肯

不久后，我从贯一小学转到另一所小学，亦即位育小学。地址在拉都路与西爱咸斯路口往南百来米路西一条石卵子铺地的巷子里。但学校地方倒不算太小，有大操场，不能算是弄堂小学。学校的主要建筑是一幢挺长的两层红砖楼房。楼前种有美人蕉，花开得很灿烂。有一年暑假，我想挖一棵回家去种。结果挖半天也挖不出来，只好放弃。

对这所小学我没有什么突出的记忆，只记得校方很推崇一位名叫穆藕初的校董，还把礼堂定名为藕初堂。另外一位校董叫蒉延芳，是上海小有名气的企业家，曾给我们作过演讲。讲的内容是提倡“短衫运动”。据他说，人没有必要一定要穿长衫。那样很装腔作势，不如穿短衫，不摆架子，行动也方便。现在想想，这还是提倡平民化的一种进步主张。但对我们小孩子讲未免有些找错对象。小学生里当时还有少数穿长衫的，不过那都是家境较差的孩子。蒉校董的一个孙子和我是同班同学，老拖着两行鼻涕，读书成绩比较一般。

位育小学校长名字似乎是朱启甲。我印象中记得，有一个管庶务的女职员姓尤，对学生很不尊重。我们去交费时，她总挥挥手，叫我们站远一些，嘴里一边用上海本地腔很重的话说："气味重得嘞！"有一位带过我们的女班主任（反正起的是这样的作用，不过当时还没有这样的称呼），说话也带上海本地土腔，她似乎也姓朱，可能是校长的什么亲戚。当时介绍亲眷工作的这种情况是很多的，找工作多半靠熟人与亲属关系，没有什么中介机构。这位朱老师眼睛细细的，我们淘气时她也光说一句"小朋友皮得嘞"，仍然老是笑眯眯的，使我们感到十分亲切。班上有个同学，个子比我们高一些，年纪也大一些，头圆圆的，留平顶头。他好像是刚从国外回来的，不大适应本地的学习方式，所以成绩一下子赶不上来。他对谁都很和蔼，很讲礼貌，我们只觉得他有点"外国人脾气"。小一些的同学都很喜欢他，一下课就黏着他。我记得玩游戏时，他总当"马"，我则总被他挑选当"骑士"，驮在他背上，与另一对孩子碰撞。这位大个子同学很有力气，我也比较灵巧，因此我们赢的时候多些。但他很注意不弄痛、不伤害对方，心地很善良。朱老师有一回总结时说，某某某虽然成绩不够理想，但是倒是"人缘"很好。这是我第一次听到这两个字。我依稀记得，这个同学曾告诉大家，他名叫“Abraham”，但不是“Lincoln”。我正是根据这一点，还有他待人接物的彬彬有礼的特殊方式，判定他是不久前从美国回来的。

当“拉纱童子”

大概是这前后，我父亲从香港回到上海来了。我记得有一天回家，见到客厅里坐着一个人，说陌生又有些熟悉，原来是分别了几年的爸爸。他穿的衣服与当时上海人穿的款式不大一样，又比较脏乱，身边放着一些洋油箱之类的东西，反正不是什么正正经经的行李，显然是一个逃离战难的流民。接着便听他激动、大声地讲香港沦落日军之手前后的情况，他和朋友怎么一夜一夜听头顶上呼啸而过的炮弹声，怎么逃难，最后又好不容易，挤上一艘加载过多散客的货船。途中遭日本空军轰炸，前面一艘船被鱼雷击中，后面一艘又给飞机炸沉，因此，他一再说自己真的是“捡回来了一条命”。

父亲回来后，便开始了他找工作的艰苦历程。一连好多天，只见他用一架老式打字机（有点像照片中福克纳用的那台 Remington）写了许多封求职信，但寄出去都无下文。当时，留下的中立国的洋行已没剩下多少家了。与日本成为交战国的“老番”都被关进了设在浦东的集中营，那情况就如英国作家 J.G.Ballard 的小说 *Empire of the Sun*（《太阳帝国》）

中所描写的一样。我父亲的老关系都没有了。他“猫蹲”（广东话，意同失业，但更形象）了好些时候，后来总算在霞飞路（今称淮海中路）与金神父路（今为瑞金二路）口西北侧的一家药房找到一份工作，当上了售货员。工资很少，晚上还得睡在店里看守。我记得店里还有一位姓蒋的药剂师，好像是江阴人，与爸爸比较合得来，也常到我们家来作客。我还记得当时实行“灯火管制”，电灯都用红色、黑色两层布罩着。大人在暗暗的灯光下围坐在八仙桌边，低声讲话，说的无非是预测战争何时结束，盼望太平日子快些重新回来这一类的话题吧。

大概是那段时间里，我左小腿胫部不知怎么的生了一个疮，有点腐烂。父亲每天几次，帮我洗脚换药，直到伤口完全长好。但还是留下了一个浅浅的几乎察觉不出的疤痕。每当见到或摸到这个疤痕，我眼前总会出现父亲坐在小板凳上低下头去为我洗脚、包扎的情景。家里人当时都觉得奇怪，因为父亲一向“大男子”习气很重，据母亲说，他是连自己的孩子都从来不抱的。

父亲那时关心我的英语学习，总叫我到他店里去补习英语。我有时会带些叫“钙奶生”的主要成分应是炒黄豆粉的小包样品回家，和妹妹一起吃，当时觉得那真是世界上最好吃的东西了。这家药房门面上方做了一块大广告，上书“钙奶生”三个大字。因此我和妹妹只知那店叫“钙奶生”，反而不清楚药房的正式名称了。我们还把样品上印的广告当作歌谣唱：“钙奶生，营养力比牛乳大，消化力比牛乳快。”唱得还很兴致勃勃的呢。药房的西侧是一家跳舞厅，名字叫“Kavkaz”，后来学俄文，才知那是“高加索”的意思。晚上去药房，总能听到里面传出喧闹的音乐，橱窗里的霓虹灯一闪一闪，煞是诱人。那时尽管在打仗，旧法租界一带洋味仍然很足。亚尔培路（今称陕西南路）上现在的“美心酒家”左近，有一家叫“Barcelona”的舞厅，那当然是西班牙风味的了。那时候来自菲律宾的“洋琴鬼”独多，我们住横滨桥时的一家邻居，有一个儿子也学会了小号之类的管乐器，为舞场伴奏。只见他出入西装笔挺，但打扮花哨，与父亲穿的不是一个路子。比方说，穿浅绿色的衬衫与白皮鞋，打的则是“bow tie”（蝶形领结）。他就是广义上的“洋琴鬼”了。我们称这位乐师为“威哥”，他上面还有一个“强哥”，下面有一个“小弟”。妈妈说这些男孩都是“靓仔”呀。他们家那个女孩我们称之为“少龄家（家姐的略称）”的，当时只有十来岁，也很活泼可爱，常被人请去做女傧相。有一次，她还把我拉去当“拉纱童子”。我穿了套大概是租借来的小西装，只记得小便急时掏不出我那小鸡鸡，险些尿湿裤子，坏了大事。

壮士断腕

我小时候很淘气，毛手毛脚，一刻儿也安定不下来，还常常打破东西，与现在喜欢收藏瓷器的我判若两人。为了偷吃咳嗽糖浆，曾不止一次爬上客厅里的“拜神台”（其实是放酒的吧台），须知那吧台的顶盖是可以卸下的，因此，弄得不好很可能掉下来把我压伤，甚至致死。我当时好胜心还很强，这就使我常常闯祸。有一回，我曾用腿夹着一个叫经国的温州小孩，把他的头连连往墙上撞，使他疼得大喊大叫。我也怕真的把他伤着了，有点惊慌，赶紧逃到隔壁支弄去躲了半天才敢回家。

我们家弄堂尽头是另一条弄堂，原有铁栅门拦开，后来铁门拆了，但是上面的横栏还在。我们小孩经常爬上去，作引体上升动作或是前后悠荡。我在这方面技能是不错的，所以双头肌、三头肌、胸肌至今还有些残存。一般说，我们悠荡总是等人停下时再跳下来的，这样很安全。可是有一天，一个一肚子坏水，我们管他叫“荷包蛋”（原名大概是胡包容）的比我稍大一些的小孩向我挑衅说：“三弟，你有种荡着的时候就跳下来吗？”我说：“这有什么不敢的。”于是，我便爬上去开始荡悠，在悠到身子向前斜时我往下跳，落下时左手在地上一撑，结果是左腕处骨折。回到家中，母亲知道后责怪“荷包蛋”不该戏弄小孩，但这小坏蛋一看自己闯了穷祸早就溜了。我母亲不知听了哪位亲友的劝告，把我带到一个“专治跌打损伤”的姓张的中医（招牌上还写着“龙虎真人张天师嫡传”等字样）那里去。医生给我敷上气味很冲的膏药，外面捆上夹板（中医治骨折是不打石膏的），把我的手吊在脖子上，还开了药方让我喝汤药。我记得家中派佣人将熬好的中药送到学校，让我课间休息时喝。女老师见了直皱眉头，问我苦不苦。我还愣充好汉，说还好。我小时候性格真的跟现在很不一样。

读贯一小学时，要过两次马路，母亲吩咐我把年幼的妹妹带去。我大概是觉得做这样的事太没有男子汉气概，总是不大高兴。于是便有了敲竹杠，非要妹妹进贡两片饼干的事。其实倒不完全是为了嘴馋。前几年我还专门为此写了一篇文章表示忏悔。里面有一段写我妹妹不舍得很快吃完饼干总是把饼干竖着捏，像蚕宝宝吃桑叶那样竖着一点一点啃，文章发表时方平先生读到后还曾给我来信对我的描写加以赞赏呢。但是妹妹不敢独自过马路，每次都在思想斗争后不得不让我拉住她过马路，免不了得孝敬给我这个恶哥哥一片宝贝饼干，以致我一想到这件事就免不了要自责一番。

乖孩八弟

昨天（2003年4月16日）下午，接到武汉来的电话，是小弟打来的，报告我一个噩耗：弟妹去世了。她癌细胞扩散到肝部。在插管喂上海带来的某种特效药时，一口气上不来，就此离开了人世。听过了电话，我恻然良久。接着便不禁想起八弟小时候的一些事，顺便在这里先说一说。

八弟从小便是个很乖巧的孩子，不爱哭闹，也不见他发脾气。他总是做讨人喜欢的事，老是笑眯眯的。家中没有人不喜欢他。我母亲一共生过八个子女。四弟四五岁时生病夭折了。听母亲说，这么多子女中，四弟最好。也许指的是资质最好，或者是最最乖，具体情况如何母亲也没有多说。我想，这里也多少有些得不到的东西总是最好的心理因素在起作用吧。四弟的照片我还见到过，眼睛大大的，有点儿像六弟。七弟很小就夭折了。母亲不大提他，大概连她自己对这个太小就殒灭了的婴儿也没有多少印象了。

剩下来的六个孩子里，父母起先最喜欢姐姐。她又是跳又是笑，戴了顶红色贝雷帽，还会双手拉起裙角，做出电影里秀兰·邓波儿（Shirley Temple）扮演的角色的姿势（那正是这位童星主演 *The Little Colonel* 等影片最出风头的时候）。后来，我也“得宠”过几年，当时大哥还酸酸地称呼我为“天之骄子”呢。再后来，父母一直最最喜欢八弟。他是最小的一个，我们兄妹都与他处得很好。听说父亲去世前昏迷时，还念叨着：“八仔怎么还没来呀？”

抗战时期，小外婆和我们一起住，八弟便成了外婆的宠儿，外婆到哪里，都要带上八弟。她还从自己的“私房钱”里拿出几元来，给八弟买了一条围巾。那条围巾不是羊毛的，而是棉纱线编成的，可见抗战时期大家生活水平之低。外婆带他到小菜场去，在卖煮玉米的摊子上买一只玉米棒子给八弟吃。八弟快吃完时，说：“有两拱（广东话，即两个之意）就好了。”这声悲叹出自一个三四岁的小孩，使我揪心，也使我将近七十年后仍然念念不忘。八弟小时候唯一闯的一次祸，就是在弄堂里玩“官兵捉强盗”游戏时，竟然撞翻了馄饨摊，炭火、肉菜、汤水、瓷碗摔了一地，让母亲赔了不少钱。这件事几十年后让八弟讲起来时还是眉飞色舞的呢。

八弟上中学与大学时，我已经来北京工作，所以他这个阶段的情形，我印象不深。我只记得他与中学校长的公子同班，他给我形容过校长公子，人胖胖的，踢起球来姿势怎么滑稽。八弟成绩一直不错，后来上了交通大学的电机系。毕业后分配到部队的一个研究所工作，现已退休。

我想起两件小事，其实也不值得一提。但是在这上面我都有点对不住他，因此还是一吐为快。第一件是我刚学会骑自行车时，为了逞能，一定要带上八弟，“荡着他”骑车出游，去的是西爱咸斯路（今永嘉路）西头近贝当路（今衡山路）较僻静的地段。我让他坐在前面的“大梁”上。不知怎么一来，车子一倒，他给硌着了。而且硌到的正是他胯下的敏感部位。他一定是觉得很疼，但仅仅只是面部表情上有所显示，居然一声不哭。他必定明白三哥带他出来兜风也是一片好心。八弟就是这么一个懂事的孩子。

另外的一次是暑期里的一天，我忽然想起要到龙华去玩。我没有乘车的钱，再说，当时也没有通往那里的公共汽车。直到后来，学校组织到漕河泾黄家花园去玩，也总是真的“远足”走去，从来不坐车的。那天，我正好找不到游伴，见到八弟，便拉他一起去，连家里都没有告诉一声。路程不算近，对于腿脚细嫩的八弟来说当然更是如此。到夕阳西下时，我们总算拖着脚步回进了弄堂。偏爱八弟的外婆站在后门口急煎煎地企盼已久，见到我们便大喊起来，说：“你把八弟带到哪里去啦？也不跟家里说一声！”八弟至此时两条腿已经软得快要站不住了。

我那时真不懂事，不知道应该凡事让着老人一些。外婆当时大概也正好遇到她心理上的一个畸形期，总爱倚老卖老。她能找到的唯一对手就是我了。父母、舅父母是养活她的人，她不敢得罪。比我大的兄姐多在外面活动，她遭遇不上。比我小的弟妹实力太小，不值得她出手。所以她总是与我过不去。我有一次让她气得把手里的一盆水往厨房地上一泼，外婆当时正站在那里和我吵架。她有一回还把衣襟翻起，问：“没有我怎会有你呀？”八弟小小年纪处在“两强”之间，居然能做到不偏不倚，甚至在面部表情上都看不出任何痕迹。他的这种自我控制能力让我现在想起来还感到不可思议呢。

“牙牙”与六弟

我小时候，与我关系更密切的是我的妹妹。她只比我小几岁，可以玩到一块儿。她小时的情形，我只记得母亲说她皮肤黑，也不如姐姐那么会讨人喜欢，好像还叫过她“丑囡”。抗战中父亲失业，经济困难，而舅舅在无锡开了一家店，那里总算有口饭吃，于是便与舅舅说好，让小外婆带了妹妹、八弟，住到他那里去。这几年里，妹妹在无锡吃了不少苦。后来回来时，立即就到她原来放玩具的地方去看东西是不是还在。我只见她两只手上都长满了冻疮，十分可怜。此情此景，现在想起来还让人心酸。

我们曾在一起玩过各种游戏。我是头头，想出各种玩耍的点子，她总是忠实的追随者。当时因为经济困难，家中二楼转租给了一家姓徐的潮汕人，男的原是中学教员，女的是小学教员，有个女儿，一双眼睛大大的，皮肤较黑。她也是我们的游伴之一。那个姓徐的“高佬”有时在外荒唐，深夜才归。他妻子生气不给他开房门。于是他便站在门外敲，过上一阵敲几下，喊一声："婉如，开门。"第二天，我妹妹总要学着敲，并且用低沉的嗓音喊道："婉如，开门。"用小手在木头家具上敲出"笃笃"的声音。于是，我们便会大笑一阵。

"牙牙"（这是妹妹的小名，据我母亲说，典出成语"牙牙学语"）是个很"长气"的女孩，在广东话里，"长气"就是死死纠缠住、不肯罢休之意。比方说，她一哭开了头，便轻易不会停下。有时，她作文做不出来，便会边哭边喊："交不出老师要打手心的呀！"哭累了，歇上一口气。然后再哭。这个过程总要拖上个把小时。我想，有这点时间，她岂不大可自行努力，去把作文写出来的吗。而且她也不想法子求别人帮忙，只会哭。此时，妈妈准是去搓麻将了，我比"牙牙"大不了多少，还不懂得应该帮助比我小的孩子。而外婆这时则会在一边幸灾乐祸地嘲笑说："哈，明天要给校公打手心了。"她常听我们说到"校工"。在她脑子里，一校之长肯定就是这位"校公"了。最后，大概总要哭到母亲打完牌回家，"牙牙"的问题才能得到解决。其实我应该是有能力帮助她完成的。

后来，"牙牙"考上了南洋模范中学，大姐又帮她找了一位姓梁的钢琴女老师学琴。我记得她每天骑一辆女车去上学的情形。再接着，她又考上了华东师大艺术系。我从北京去上海探亲时曾去她学校看望她。她当时上浴室洗澡去了，过了一会儿拿了只脸盆回来，头发还湿漉漉的。我等候时还与她同寝室的女同学聊了几句。不久院系大调整，“牙牙”又来到北京进了中国音乐学院，我也见到了后来成为我妹夫的她的一位男同学。此后，他们常到芳草地——我与妻子的住处来看我们。两家的关系一直十分密切。她与丈夫毕业后分配到山西一个小地方工作，当音乐教师。她生第一个孩子时正值困难时期。每个人连几两粮食都要掂量着怎么用。我与妻子有一次凑了八十斤全国粮票寄给她，却没有挂号，结果是她没有收到。这些粮票在当时也算是笔大数目了。我年轻时做事就是不周到。而偷粮票的那人也真是够缺德的，我想：他一定会因为自己的卑劣品格而遭到报应。

接下去再说说六弟。六弟小时候生过一次较重的病，这好像对他身心发展有些影响。他念书成绩不如八弟。小时候上的是比德小学。接着他上了向明中学（前震旦中学），好像对做航模飞机比做功课更感兴趣。不过，他在老师的推荐下还是考上了南京航空学院。后来因学校缩减编制让他回到上海，好歹有了工作，又因不愿去“三线”而领不到工资。有时，他会来信求我按月给点帮助。我过年过节自然是会给小娟娟（他的娇女）寄些钱去的，限于自身条件，不可能固定地帮助他。不过，他拖了几年后，终于得到妥善安排，在专业学校当上了教师。但是，我必须承认，九十年代初父亲晚年身体衰弱多病，多亏有六弟和六弟妹的照顾，才能生活得舒心些与平安离去。这一点我是始终要感激他们的。

六弟小时候老显得可怜兮兮的，他常常坐在一只小板凳上发呆，人们从外面走进来只见他两只大眼睛在黑头里发亮。他也不爱说话。那只有了屁股印痕的小板凳就被大家称为“六弟的小板凳”。当时家中比较关心他的是一个扬州娘姨。此人口才极好，长了一双三角眼，扫来扫去，很会见人行事。对于我初步获得认识人、认识语言的魅力的能力来说，她可以算是一位启蒙老师了。她对扬州赞不绝口，说这可是个出美人的地方哪。她甚至说杨贵妃就是她们扬州本地人。她很看不起在我们家烧火做饭的安徽娘姨，那原本是个路过要饭的，我母亲看到可怜就把她留了下来。扬州娘姨专管洗衣服、收作房间，算是做细活儿的高级娘姨。扬州娘姨老当着我母亲的面夸我父亲“一个人养活十来个人哪”。这还只能算是她的奉承话里最最普通的一句。那个阶段大概算是我家经济上的鼎盛时期了。母亲当时去小菜场，自己用不着拎菜篮，专有一个佣人挎着跟在背后。母亲挑中什么，就让卖菜的往佣人手中的篮里放，自己只管付钱。她不精明，从来不会算细账，也不会像一般女人那样买完后再伸手到菜贩的筐子里去“抢”上一把。菜贩们都喜欢与她说说笑笑，称她为“苏州快活大小姐”。我父亲工资比较高。中华人民共和国成立初期，他每月仍可得四百多元近五百元，可能还有些额外收入。而我参加工作时（1952 年）只能得到四五十元，连一级教授好像每月也仅仅拿三百六十元。

有一次，我答应带六弟到我念书的中学去玩，因为那里的操场要大一些，常常有球赛。我走在前面，进了校门。六弟跟着头一低奔跑着往里冲，岂料还是被看门的校工发现拦住了。结果他始终未能进去。我很为自己的诺言未能实现而感到歉疚。

六弟现今生活总算还过得去。他热衷于添置自己喜欢的新奇产品，市场上出现什么新产品，只要财力够得上，他总要弄到手才称心如意。我想他的钱都是这样花掉的。另外，他也能动脑筋学新的科目。在一所轻工业学校教书时，他大概除政治之外，什么课都教过，而且还能不断开出新的课程，如工业摄影与音乐欣赏之类。其实这些教程未列入课目，对于学生将来做好工作关系并不大。他告诉过我，学生们对他说：“李老师，我们完全是看你面子才选这门课的呀。”

六弟直到不久前仍骑着一辆电动车，风尘仆仆驾驶在浦西与浦东之间，每天必须两次摆渡过黄浦江。他仍然是黑黑瘦瘦，像小时候呆坐在小板凳上一样。改革开放前，他曾为了要换房子，让父母亲很为难。这样的家庭悲剧在贫困与住房紧张时并不少见。好在这样的时代总算过去了。

足球生涯的终结

中学时期的我

我念小学与初中时，成绩还可以。在班上名次从第三名到六七名之间流动，文科系我之所长，譬如做作文，我不愿写套话，总爱别出心裁。初中时一度对化学课特别着迷，曾和同学组织过一个小组，偶尔做些试验。小组里有一个同学的父亲是做化工产品生意的。一天，这位同学对我说，他父亲听说了化学小组的事，很感兴趣，要和我“谈谈”。于是，一个星期天的早晨，我来到他家。他父亲“困晏觉”，还未起来。我耐心地等，等呀等呀，大概等到十一点钟，他总算下楼了。他和我简单地说了几句，表示他自己年轻时也很喜欢化学，鼓励我们好好干。我原想让他资助些钱，充当小组做试验的经费。

但他始终没提这方面的事，我也不好意思开口。我只说我们化学小组里还有年纪比我大，成绩比我好的同学。意思是希望这位家长不要因为我这个组长年纪小而看不起我们的小组，并希望他能够给予更具体一些的支持。但是他仅仅是说了几句空话便把我打发走了。

这位同学后来到北京工作，曾给我打过一个电话（当时我在《人民文学》编辑部工作），说他在清华大学当政工干部。我觉得不可理解，因为他原先没有一点儿政治头脑，甚至可以说有点浑浑噩噩，不知后来怎么会走这条路的。我实在没法把此时的他与他小时候联系起来，从此再也没和他联系过，不知他后来如何了。在中学时，我在自然科学课程上，除了化学、几何学得还可以，别的都不大好，成绩也就是六七十分而已。

我想在这里补叙一件与大哥有关的事。有一回，我在弄堂里和别的小孩一起“刮香烟牌子”。这种游戏的规则是：在水门汀地上某个格子的中央放几张香烟牌子，双方轮流用自己的一张当武器（这张需特别厚实，因此聪明些的孩子往往将它用油浸过或是用蜡打过）将另外那几张往外刮。每人刮一下。谁将牌刮出格子那张香烟牌子就归谁。我是“客队出征”，即：不是在自己的弄堂里而是在别人弄堂的家门口与人斗，因此免不了会受到不公平的待遇，比方说，那孩子仗着自己“拳头大胳膊粗”，蛮不讲理；或是旁边围观的孩子充当裁判时有偏向（那就是“吹黑哨”了）。结果，我把一大摞香烟牌子全部输光，哭哭啼啼地走回自己的弄堂。大哥恰好在，他见到我哭，赶紧安慰我，问是怎么回事。知道了情况后，他立刻把自己口袋里厚厚一摞香烟纸牌都拿出来送给了我。我当时感到特别宽慰。对于大哥的呵护，我始终是心存感激的。虽然那一摞纸片，又黑又脏，不知道带有多少细菌，但它当时所承载的情感分量，却让我铭记至今。

记忆中我哥哥还曾介绍我参加一支小型足球（球比正规足球略小一些）队，到附近的中国中学去踢球。队长不了解我的水平，便先安排我踢不太重要的后卫。我见到双方抢球，抢得挺凶，一时间不知该怎么办才好，便傻呆呆地站着观看。一场球下来，队长说：“迭格小囡哪能勿动格拉？”休息后便把我换了下来。我的足球生涯就此结束。

风筝断线

我前面说过，我小时候很顽皮，这里再举一个小例子为证。我念小学时，拉都路往南再往西还留有一些农户的菜地。我们学校往南不到福履理路（今称建国西路）处，有一条石卵铺地的小巷，两边是竹篱笆，到秋天，便会有一只只大大的丝瓜吊在上面，那是菜农为了留种子或是做丝瓜筋而有意留用的。我和同学下课后溜到那里，见到丝瓜，便起意要摘。我让同学弓背蹲着，我踩在他背上，使劲伸直身子，一只手拉住篱笆，另一只手朝上够，再朝上够。就在我快够到丝瓜马上要摘下时，菜农家里有人大声喊叫起来，并且不断有石头、泥块朝我这边飞过来。我赶紧跳下，和同学一溜烟地逃走。

我上课时也不太老实。有一次不知为什么自己在课堂上笑了起来，怎么也止不住。当上课老师的呵斥对我仍不起作用之后，老师便命我站到走廊上，因为我的笑影响了全班同学使课都无法上下去了。另有一次上音乐课还是美术课时，不知为什么事受到了钱君匋老师的惩罚，额角上因此狠狠挨了好几下“毛栗子”。前些年曾为这次受责写过一文，还因此“骗”到了钱先生的一幅汉简体条幅：“鸡声茅店月，人迹板桥霜。”在我还未想出用什么方法回报时，钱先生却已仙逝。前辈与同辈人一个个离去，使我有一种与世界的多头联系被一点点切断的感觉。我宛如一只断线风筝，身体似乎从相对稳定状态变成在空中不断翻转飘飞了。

奇怪的唐璜

小学操场边上有一幢大房子，像是当年的中式洋房。我们班有一个姓朱的同学就住在里面，他头发总梳得蜡光，跟一般小孩不大一样。有一天，课间休息时，我们听见大房子里吵翻了天。听人说是因为老辈死去，子孙们在争夺遗产。

我们的体育老师唐璜算得上是个怪人。首先，他起了这么一个名字，音同西欧小说中的花花公子，但我怀疑他知道这个出处。他上身穿一件粗毛西服，下面穿一条运动裤，两只耳朵支棱着，非常招风。我以后再未见到耳朵长得这样特别的人，除了电影《阳光灿烂的日子》中的那个小孩（夏雨饰），还有相声大师马三立。他双杠要得特别漂亮。我跟他学练双杠，在班上也算成绩好的。逢到节日有活动，老师总要让我表演一番。我能用几种姿势从地面蹿到杠子上去，还会“单肩倒立”，当时一般的同学都不会做。体育课上帮忙的还有一位身份半似“助理老师”半是工友的老人，姓邢，会中国武术。唐璜倒是很尊敬他，称之为邢老夫子。他教学生“八段锦”。我则跟他多学了一套舞戟的套路，这也是经常要表演的。我舞的是双戟，家伙挺沉重，因此，表演前唐璜老师总要向大家交代：人小家什重。意思是很不容易做到的，要大家多多捧场。这位邢老夫子个子小小的，老穿一双布鞋。他说话轻声轻气的，不会说上海话，老抢着干各种杂活，好像是很珍惜这一份来之不易的差事似的。他是河北沧州人，过去当过镖师。但镖师时代的终结使他流落到了上海，很有点英雄末路、身世飘零的况味。后来，我每逢看旧小说，看到英雄落难、秦琼要卖马时总会要想到他。

唐璜老师专门培养了两个同学当小号手，每逢出操与举行活动总用得着他们。可是这两个同学不知是成绩太差还是犯了什么错误，要被开除（也许仅仅是退学）。唐璜为他们请命未果，有一次竟集合起全体学生，大声宣布，这两位是“有功之臣”，接着还让全体同学向他们行童子军礼。这样做明摆着是向行政领导的权威挑战，不久后我们便见不到这位唐璜老师了。我想总不外乎是校方解聘了他或是他自己拂袖而去了。当时，职业难寻，一般人都不会轻易自砸饭碗。可见唐璜老师还是有些旧时的江湖习气。

俗人的不俗之举

现在，需要讲一讲抗日战争时期我母亲做过的一件大事了。我母亲是个普通的家庭妇女，虽然有些艺术天赋，但是并没使她的身份起什么根本性的变化。她每天的课程无非就是买买小菜，布置佣人干家务活，下午一般就以搓麻将消磨光阴。对她这个嗜好我最最不满意了。记得有一次，我发烧躺在床上，她仍然出去打牌。有时，她邀了“搭子”在家中打，家里乱哄哄，让孩子们都无法安心做功课，因此，一见到家中有牌局，我立即会感到心烦意乱。家中有时还会来一个广东老头儿。我后来看到《红色娘子军》便会联想到他。这个姓龙的老头儿总爱穿纺绸短打衫裤，稀稀的几根残发用蜡贴在头顶上，还挺爱俏的呢。他总是带来一大一小两个老婆，看来颇为能拥有这样的“资产”而感到骄傲。他一面打牌，还一面让小老婆把手伸进他的衣服里帮他挠痒痒，让人看得直恶心。而平素很有些知识妇女、大家闺秀气派的母亲居然也和他们“沆瀣一气”，开些无聊的玩笑，这使我又气又恼。也许因为如此，我到现在仍然对麻将牌、扑克牌的规则一窍不通。但是，这样一个迷恋桌戏的母亲，在关键时刻居然也做出了一件很有点了不起的事，真可以算是大俗人所做的不俗之举了。

有一天清晨，我还在睡梦中，听到亭子间外闹哄哄的，便站到窗口朝外面看，只见几个不三不四的人在我家门口站着。我走下去出门一看，他们还押着一个青年，脸上青一块紫一块，眼睛也肿得睁不开，显然是遭到了酷刑。周围的人在说，那是被敌伪特务抓到的爱国分子，是给押来认同党的。我回到家中，却见到二楼母亲房间里有一个人，睡在原来没有搭起的帆布床上，那不是隔壁宁波人家的二哥吗？我觉得有些奇怪，但母亲用眼色暗示我，小孩子不要多管。过了一会儿，抓人的那几个特务上楼来了，到处搜查，见到那位哥哥，便问这是何人。母亲镇静地说，是她的大儿子呀。特务对他瞄了几眼，未加深究，就又上三楼去继续搜查。搜查没有结果后也就离开了我们的家。据记忆力比我好的妹妹后来说，同来的还有一个足蹬高统皮靴的日本军人，但他似乎弄不大懂中国市民之间的复杂关系，居然没有起疑。他们离开后隔壁家哥哥便起床，穿上衣服。此时，三层楼的阿姆（广东话，即婶婶）下来，惊慌地对母亲说："这样的事可做不得，要杀头的呀。”母亲不以为然地说：“要杀也就是杀我的头，不会连累到你的。”阿姆便讪讪地回到楼上去了。

原来，这天清晨，隔壁家哥哥睡在三楼亭子间，听见弄堂里一片喧闹，从窗缝往外一看，竟是自己的一个朋友被人押着，来到他家后门口。他知道不妙，也来不及穿衣服，便只穿着背心裤衩，翻过晒台矮墙逃到我家。住在三层楼的阿姆吓得要死，哪里敢收留他。他只好下到二楼，见到我母亲，对她说，因为自己从事抗日活动，汉奸来抓他了。母亲来不及多想，赶紧搭起一张备用的帆布床，让他睡下。这时，前来搜捕的汉奸也上来了。此人一身短打，从口音听是宁波人，似乎与隔壁宁波那一家牵丝攀藤地多少有点关系，而且在那边搜查时，说不定已经得到了隔壁师母的好处（塞了银钱甚至是金条之类的贵重物品），因此在这儿搜查时就眼开眼闭了。特务走后，母亲让隔壁哥哥穿上衬衫、长裤，打上领带，穿好西装。这些衣服是爸爸托人刚从香港带回上海的。此刻，我们从亭子间往外看，只见下面的特务都走掉了。母亲这才打开前门，让哥哥从前面弄堂走，走时还让他拿上一只空热水瓶，做出去老虎灶打开水的模样（当时上海的“洋装瘪三”早上常用开水泡昨天的剩饭以充早餐）。其实，隔壁哥哥是要到另一条弄堂的一个人家去。这户人家和隔壁哥哥家既是同乡又是老相识。他们家的女孩子好像还是这个哥哥的女朋友。接着，大概是等到天黑无人时，隔壁哥哥又弄开弄堂底一直锁着的铁门，钻进菜农居住的地段。这里有一大片地，都是种菜人的土房子，此地一头可通西爱咸斯路（今永嘉路），另一头通辣斐德路（今复兴中路）。隔壁哥哥这样悄悄溜走，逃出了76号（敌伪特务组织）的魔掌。后来大概跑到未沦陷的地区了。

隔壁哥哥逃脱的消息自然很快传回他家。第二天一早，宁波师母便来到我家，一上二楼，便“咚”地在我母亲面前跪下，纳头便拜，而且真的磕了响头。我母亲赶紧把她拉起来，说这事算不了什么。我母亲不会讲抗日的大道理，只是觉得应该这样做。

隔壁老四

隔壁哥哥的父亲战前任职于中国银行，当的是一名什么“长”，抗战时只带了大儿子去大后方，家小留在上海。（老大在重庆英年早逝。从事抗日工作的是老二。）原来我一直没有听到他的什么消息，最近才知道，他后来在杭州银行界工作，早已退休。看来，以后的日子过得还是比较平静的。老三娶了我国一位著名桥梁专家之女为妻。与我们最熟的是老四。20 世纪 50 年代老三住在北京岳父家时，我还曾与妻子随了老四去过，那地方在什刹海附近。因为看出这位三哥对我们比较冷淡，以后便再也没有来往。老四年纪与我大哥相仿，他们经常一起玩。但是觉得他为人刁蛮泼辣，对他多少总有些戒备。我记得有一次他与另一个弄堂少年吵嘴，吵着吵着，两人骂起粗口来。两人先后到对方家门口，破口大骂。看谁骂得过谁。老四扯直喉咙，一连骂了略略有些变化的几十句，连旁边的闲杂少年都听不下去了。当然，喜欢坐山观虎斗的总也有人在。

老四与他的妹妹还有一招，当他们在弄堂里说些不想让外人听的私房话时，便会在每两个字的中间嵌上一个字，别人一听，还真的什么都不明白。不妨举一个例子：“侬（你）山转山去山再山讲山，勿山要山让山三山弟山听山到山。”把“山”字去掉，就什么都明白了。他们这样做，真可谓用心良苦。老四一面和你说话，眼珠一面就在乱转，你自然知道他又在想什么要坑你的鬼点子了。时间一长，便不大有人会相信他。他的大妹妹小名“宝贝”，人很热情，与我姐姐来往较多之后，大家对她印象不错。她一来，家中就变得很热闹。我父亲给她起了一个苏州话的外号：“撬客”。小妹妹则不爱理人，给人的印象是比较骄傲。她们姐妹后来也在北京工作。80年代初我还曾在和平里见到过他妹妹，她装作不认识我。她比我小，当时应该不会太老，但头发竟全都白了。我在北京工作后开始还与老四有些往来，后来就渐渐疏远了。他先在浦东中学读书，接着进南京金陵大学读农科。念大学放假回到上海时，在小伙伴面前嘴上老挂着金善宝（农科权威）教授的名字，好像是其得意门生似的。让他一说，金陵大学农学院就是中国最好的农科大学了。后来，他在农业部工作。有一次见到我，说他申请入党多年，总也没有下文，但他每年还是要递交一份入党申请书。我想这又何苦来。而且听我妹妹说，他每去上海总会在熟人面前夸耀自己早已入党。这样的虚荣心使我对他不无戒备。我和佩芬去过他东大桥左近的住处，见到门前栽有茑萝，小花攀缘而上，鲜红欲滴。当时心想，到底是学农的，就是会侍弄植物。他妻子也是学农的，一看就显得比他朴实。夫妻两人都在农业部工作，有一儿一女。“文革”后期他也想看“内部书”了，向我借过内部发行的“愤怒的青年”约翰·布兰恩写的小说《往上爬》，但借了总不还。佩芬曾特地向他索讨，也没有结果。我最后一次见到老四是在和平里西街。他说刚从英国回来（自我吹嘘已成为他的天性），联系到一批资料要翻译（那可又是一大功绩哪），问我要不要参加。那口气像是会赐给我多大的好处似的，当时我自己翻译福克纳作品还忙不过来，自然是敬谢不敏。最近得到消息，说他已因癌症去世了，想必这辈子还是过得不顺。我琢磨，他没能成功，问题是出在总忍不住显示自己聪明过人上。依我看，他还是不够聪明呀。

我的音乐教育

在这一篇里，我想讲讲我的音乐教育。在横滨桥住时，年纪太小，没有这方面的记忆。却说住在拉都路时，我和妹妹发现家中有一只手摇上发条的钢针唱机和一只唱片盒，显然是父亲战前经济较宽裕、心情好的时候置下的。唱片主要是粤剧唱段，里面也有几张西洋音乐唱片，其中一张是男歌手哼的轻音乐。那曲调我至今还记得。歌词是外文，我们听不懂。但那谐音是“肥婆嘬（‘嘬’在广东话中为吮吸之意，如 kiss 就叫‘嘬嘴’），妈咪孔，妈咪孔”，我们觉得很滑稽有趣，总跟着唱。另一张唱片后来才知道是德沃夏克的 *Humoresque*（《幽默曲》），op.101。这必定是我最早听到的正正经经的西洋古典音乐作品了。

记不得是在高小还是初中时代了，有一年，来教我们音乐的是一位女老师。她教的歌比较新颖。比如说，教过我们一首叫《卖布谣》的歌。歌词是：“嫂嫂织布，哥哥卖布。卖布买米，有饭落肚。”接着似乎是重复一遍。最后一节是：

“土布粗，洋布细。洋布便宜，财主欢喜。土布没人要，饿坏了哥哥嫂嫂。”后来我才知道这首歌词作者是刘大白，作曲的则是赵元任。她还教我们唱过北美印第安人歌谣和英语歌曲 *Under the Spreading Chestnut Tree*（《在叶影婆娑的栗子树下》），想必是在沪江大学这所教会大学里美国老师传授给她的。

我的另外一位音乐老师是吴逸亭。他是一个性格外向、热情奔放的人。吴老师是杭州人，在那里上过艺术专科学校，二十几岁便到我们的中学教音乐了。他曾对我们说，在杭州，他算得上是个天不怕地不怕的“小霸王”。看得出他是个具有音乐天赋的人，钢琴伴奏、指挥合唱自然是他分内的事，另外，他的二胡也拉得很好。我是从他那里初次听到刘天华的名字和《空山鸟语》《病中吟》这些名曲的。他思想进步，常在课堂上抨击当时政治上的黑暗，说好的音乐创作都出自“那边”（指解放区），为什么会这样？他让我们思考。在开学校音乐会时，他让我们班唱冼星海的《生产大合唱》中的《二月里来》，这是我初次接触到的革命歌曲。他又让比我们低一班的合唱团唱《黄河大合唱》中的《黄河颂》，甚至还让同学们用四声合唱贝多芬第九交响曲结尾处的《欢乐颂》。我现在想想，这也够困难的。他想必是像贝多芬一样，在苦苦奋斗中得到了欢乐。更有意思的是，他同时也让低班同学唱雷哈尔的轻歌剧《风流寡妇》中的那段有名的合唱。其中有一处由一个戴眼镜的男孩独唱，我后来才明白那大概算是“countertenor”（高男高音）。当时听着真觉得美妙无比，“此曲只应天上有”了。吴先生后来娶了学校校医室里的一位戴眼镜的护士。（校医室没有医生，一切由她一人负责，只能给摔破膝头的学生抹点红药水，别的问题大概也解决不了）1950年以后，吴老师当了新安合唱团（原来是陶行知创办的“育才学校”的一个组成部分）的指挥，我似乎还曾去文化广场看过一次演出。吴先生在音乐欣赏上对我所起的启蒙作用是很大的。

在中学里教过我们音乐的还有钱君匋老师。从报上看到，他已于1998年8月2日逝世。报上说，他是“继李叔同、丰子恺之后有数的艺兼众美、才情卓越的艺术家之一”。这么说一点也不过分。我曾写过一篇回忆他的小文，后来还蒙他赐赠书法一帧。北京大学陶洁老师见到我文章后面的补叙后，说我真有办法，用一篇小文章骗来了大师的一幅手迹。

我能回忆当年所吃的小苦头换得大师手迹，有的同学就没有我这么幸运了。一位老同学见到我的小文，写过一封信给我，里面说：“说起钱君匋，那也真有些事可以说说。你吃‘麻栗子’还算小事。记得那时读中学一年级，音乐课是甲、乙两班一起上的，地点在大礼堂。乙班有两个顽皮同学不知犯了什么‘天条’，被钱老师揪出来示众，又抓住了两个同学的头发把他们的脑袋一通猛撞，痛得那两个同学哇哇直叫。大概钱老师不知道其中一个同学叫汪世界，他的老子就是上海大名鼎鼎的律师汪励吾。假如撞出脑震荡来，那就有得钱老师受的了。”

此段回忆颇有历史参考价值，故而立此存照。另外，钱老师对贝多芬的发音是“皮拖粪”，“拖粪”在沪语中是拖把之意。因此，在我的下意识里，这位古典乐派音乐大师总与清洁工作有着撕扯不开的关系。

因为表叔的关系，我念初中时去听过一次演出。那肯定是进步性质的。但节目中有一项是一位穿黑丝绒旗袍的年轻女子上台演奏手风琴，她奏的是《杜鹃圆舞曲》。一开头便听着像是有只杜鹃在快乐地啼鸣。我当时觉得好听极了，并认为手风琴真是世界上最最优美的乐器了。当时亚尔培路（今陕西南路）与辣斐德路（今复兴中路）口有一家美惠琴行，橱窗里便放着一架红宝石色的和莱（Hohner）牌手风琴。我每回走过都要在橱窗前看上半天。那儿还放有贝多芬、李斯特、莫扎特等音乐大师的画像，我也觉得很有看头。我向父亲暗示过多次，我想学手风琴，希望他能给我买一把，当然还不敢要“Hohner”牌那么高级的，但父亲总是当没有听见。后来，姐姐看我那么想学音乐，便介绍我向她的同学韩德章学唱歌。我去学过几次，但是因为鼻子总是不大通气，韩老师给我挤了“鼻通”后仍然无济于事，去了几次就停下了。我后来到了北京，鼻炎越来越厉害，直到近几年才稍稍好了一些。我的音乐学习生活便这样夭折了。韩老师后来也来到北京，在中央乐团唱合唱。我在路上见到过他，但是没有上前相认，因为他是不可能记得我这个不成器的学生的。

听着音乐进入梦乡

我虽然没有学成音乐（当然原本也无意当一名专职音乐工作者，仅仅希望能掌握一种乐器以自娱），但还是在家庭里受到不少音乐的熏染。前面提到过，我姐姐很幼小时便由母亲带着去学钢琴。十几岁时，她已经能收钢琴学生了，姐姐天赋是不错的，钢琴技艺在我看来已经相当深，练得也很娴熟。手指在键盘上移动得飞快，敲击出纤巧、美妙的音乐。有一次，弄堂里一家姓万的湖北人的孩子叫华子的，来到我家，见到姐姐两只手飞快地在琴上移来移去，有时手还要交叉，却轻松地弹奏出一首节奏急促、多变的作品。这让华子简直看傻了眼，对我姐姐的本领佩服得五体投地，这也让我因为有这么一个姐姐而感到骄傲。

我姐姐后来进了上海音专键盘系，教过她的有丁善德、吴乐懿等。周广仁（那时大家叫她 Ursula）似与她先后入校读书。这里插一句闲话：我脑子里周广仁的形象，至今仍然是臂弯里抱着一摞琴谱，坐在 22 路红色公共汽车后排座位上的娴静少女呢。言归正传，我姐姐也学声乐，歌也是唱得不错的。她唱过的歌里有：*Caro mio ben, Nina* 等意大利艺术歌曲；中国歌曲则有《玫瑰三愿》《我住长江头》等学院派作品。弹奏过的作品就更多了，有各种奏鸣曲、夜曲、前奏曲、练习曲以及其他形式的作品。她的几个要好同学常来看她，她们总凑在一起轮流弹奏。上海当时有一种叫“梁新记”牌子的牙刷非常驰名。梁老板是广东人，小开也学声乐，有时到我家里来唱比才的《卡门》里的《斗牛士之歌》，请我姐姐帮他弹伴奏。姐姐有时来了兴致，也在晚上弹琴唱歌，于是我便能躺在亭子间的床上，边听音乐边进入梦乡。那时正在上演亨弗莱·鲍嘉与英格丽·褒曼主演的《卡萨布兰卡》，里面有一首流行歌曲 *So deep is the night, no moon tonight*（《夜深沉如许，无月今宵》），改编自肖邦的一首练习曲。于是我临睡的曲目里，便多出了这首 in E major 的 etude 了。有一个时期，我姐姐延请了犹太老师魏廷伯格[①]来家里教琴。那时，我便会蹑手蹑脚地爬到阁楼里去，偷窥这位传说是李斯特的再传弟子的风采。在姐姐的指导下，我去听过周小燕和管喻宜萱（管夫人）的独唱音乐会，首次接触到《走西口》这样的民歌。当然，后来的时髦歌手扯直嗓子喊“我家住在黄土高坡”跟这些已经全然不是一回事了。

① 据李德伦在他的一篇文章里说：“阿·魏廷伯格是上一世纪（19世纪）一代宗师约瑟夫·阿希姆的最后的学生，柏林音乐学院的名教授。他与钢琴大师施纳贝尔组成的三重奏在20世纪初驰名欧洲，由于纳粹迫害，他逃难到上海，生活十分贫困，后被音乐界发现。许多已成名的小提琴家包括工部局乐队的好手都找他去学，如谭抒真、司徒兄弟、瑞斯金（俄），他是全才，故钢琴家范继森、周广仁、李名强也曾投奔到他门下，1953年卒于上海。”（见《爱乐》第2辑86页）。

哥哥对我的音乐熏染

等我哥哥做了事有了些钱有意想交女朋友后，他常常会撺掇姐姐和他一起举办“party”。这时，家里便来了不少青年男女，有不少是会弹会唱的。我哥哥小提琴水平不算高，但是自我感觉良好，喜欢表演，于是我在亭子间里便总能听到那吱吱呀呀杀鸡杀鸭般的声音。他是这样的一个人，做什么总能找到支持自己如此行动的最佳理由与说法。什么“一天不练琴自己知道，一星期不练邻居知道，一个月不练全世界都知道”这类《读者文摘》式的警句，我都是从他那里听到的。但是他自己好几天不练琴，那也总会有同样充足、过硬的理由的。在他的指挥下，他的女儿、儿子（连给他起的名字里都嵌进了“音”字）都学了琴，后来又因为嫌这一行赚不到更多的钱又都放弃了音乐。不过他的外孙女飞飞（Sifei Wen）现在大提琴成绩不俗，近年在洛杉矶得了好几项奖。我听过她拉的圣桑大提琴协奏曲的CD，说不定李家大房里终究能产生出一位真正的音乐家的。

我哥哥进入怡和洋行茶叶部做事后，倒总想不断提高自己的水平。他先进“慕氏（Morris）英语补习学校”上夜校。在他与这家学校有了关系后，那地方在他嘴里就成了全市最好的学校了。学完之后，他又想学小提琴。于是拉琴便成了他天生应该从事的事业。他托人买了一把琴——于是那把琴便成了全上海最好的小提琴中的一把，当然，他还不敢吹是第一好的琴，那里面虽然贴有法文标签，毕竟不能算是一把 Stradivari 呀。他拜陈又新先生为师——那位先生自然便晋升为上海最优秀的小提琴教师了。有我和妹妹、弟弟还有母亲作听众，他每天可以锻炼口才同时满足自己的虚荣心。有一天，他下班回来，时间比平时晚了些。他说去外滩公园玩了。在那里，他认识了一位法国青年。两人用英语聊天，大哥因此事感到很兴奋。他说，分手时，那法国人要跟哥哥“kiss nose”，说是法国规矩。但事后，他发现自己别在胸前的一支 Parker 51 不见了。我们听了，也弄不清这是怎么回事。但是在一边比我们老练洞达的舅舅讥笑说，会不会 kiss nose 时 kiss 掉的。大哥一下子泄了气，再也神气不起来了。再后来，那是中华人民共和国成立后的事了。他说自己买的那台“熊猫”牌收音机声音极好，全上海只有两台（不知他是怎么统计出来的），而他买的那架“基辅”牌照相机又是全中国最好的照相机，“知道吧，那是因为德国徕卡厂整个被拆到苏联去了。”直到佩芬拿着她父亲送的联邦德国新出的徕卡135上我老家给大家拍照，他见到后就不再提自己的那架了，而且向佩芬借用了相当长的一段时期。不过，事情已与本节主题无关，就此打住。

对于大哥在音乐欣赏方面给予我的帮助，我还是十分感激的。我之前常去兰心大戏院听上海工部局（后称市政府）交响乐团的演出，知道了王裳馨、章国霖的名字，欣赏到乐队指挥富华（Foa）的背影，并且还到贝当路（今衡山路）一幢花园洋房去听黄（或是王）太太和她的几个混血儿女的四重奏练习，都是因为有哥哥的介绍与引导。虽说当时我觉得所奏的古典音乐（总不外乎是海顿那几位古典主义者的吧，那时巴赫似乎还不大受到重视）十分沉闷，但是对于几位乐手聚精会神、孜孜矻矻地练琴，并显然从中得到乐趣的情景，还是深有感触，体会到世界上还是有人不崇尚功利主义的。（果不其然，《剑桥插图音乐指南》在介绍海顿时也说：“弦乐四重奏被认为是音乐鉴赏家的音乐形式，是为那些经常聚集在一起欣赏这类特殊曲目的业余音乐爱好者小组设计的。”）他们练完琴后，黄太太从厨房里端出咖啡与曲奇小点心，请大家享用“下午茶”。而年纪最小的“乐师”Bobby却已经一溜烟跑到花园里去玩耍了。

哥哥还从中央商场淘回了不少Columbia的老唱片，使我得以欣赏到Heifetz拉的“四大小提琴协奏曲”等名作，从而启发了我收集唱片——从78转的到33转、45转的，又一直发展到录音带与CD——这个延续半个多世纪的嗜好。至于我所买的第一张唱片，那应该是苏联电影《幸福的生活》的插曲，一面是《红莓花儿开》，另一面是《你从前是这样，现在还是这样》的那张。那已是五十年代初我上复旦大学三年级时的事了。我还记得中学同学颜文伟从我处借去一张老柴的《如歌的行板》，一不小心打碎，因赔不出而异常尴尬的情景。颜文伟已是上海精神病治疗方面的一位权威医师了。

弄堂人家

今天（2003年3月23日），在《文汇报》上看到一则关于“断肢再植四十年”的消息。里面提到，1963年1月2日，工人王存柏被轧断右手腕，骨科医生陈中伟“邀请了在血管外科领域颇有研究的钱允庆医生一起参与抢救工作。他们边实践边研究，紧张、细致地忙碌了8个小时，手术终获成功。”这里所提到的钱医生即是我们弄堂里的老邻居。我记得钱家是位于靠弄堂口处，家长是一位老工程师，戴一副眼镜，偶尔来我家搓几圈他所说的“卫生小麻将”（时间短、输赢不大之意）。钱师母比他年轻得多，应是续弦。钱允庆为已故夫人所生，钱师母生的两个儿子年纪比我小一些。钱家是常熟人。他们隔壁住的是一家姓张的苏州人。家中有个男孩，戴一副金支架无框眼镜，颇有点自鸣风流的样子。例如，下了雪，会穿上双高筒雨靴，到公园去摄影留念。再过来，则是一家姓童的宁波人。童师母满面横肉，嗓门特大，弄堂里常能听见她那口纯正得一点没变的宁波腔。她的女儿还没到二十岁已经肉鼓鼓很丰满了，但样子总有点俗气。我曾听到她对我姐姐说：“女人啊，一过三十便唔啥活头了。人难看杀脱了。”周围女孩子中，最早结婚的便是她。那天，她穿了一件自下摆一直到脖领都绣有从大花到中花再到小花的缎子旗袍，漂亮倒蛮漂亮，是那种不怕俗气的艳丽。所以，在美学上应该说是“置之死地而后生”与“绝处逢生”，别有一功，无需加以鄙薄。

再过来是金家，也是宁波人。宁波人当海员的不少。金师母的丈夫便是其中之一。他在一次海难中失踪，但金师母始终不相信、不承认他已不在人世。她在大儿子十几岁时便托丈夫的老朋友介绍，让儿子当了海员。不久他便升为二副，穿一套白制服回到小朋友中间时，惹得大家好眼热。这位二副不忘旧情，还请我和哥哥到他船上去参观，招待我们吃了一顿西餐。只见他手一招，便有名侍者小跑趋前，端来咖啡、白脱与果酱。我看他脸上毫无表情，但能在小伙伴面前显示自己的权威，想必肚子里是十分得意的。后来这艘船开拔，我们再也没见到过他，听说他的船开到台湾去了。近来有消息说，这位台胞又落叶归根，回到上海买房居住了。他下面还有一连串四个弟弟。他母亲一个女儿也没有生，却一连生了这么多个儿子，岂不让现今一些想生儿子的人羡煞。

金家那幢房子三层楼的女主人也是个寡妇，过去在江南小城镇教过书，也会弹几下钢琴，不过手像鸡爪似的，非常生硬，按下去重重的，大概是过去按风琴时养成的习惯。女儿长得很清秀，与我姐姐常常来往，后来进了财经学院。

再过来就是前面所写的我母亲曾加以援手的那家宁波人了。不过那儿三层楼的房客是位姓金的商人。男的是个大胖子，女的生了两三个孩子，都是女儿。大女儿似叫金雅丽，弄堂里常有她的女同学叫唤这个名字，声音较悦耳，所以我能记住。金师母的丈夫有一次与妻子吵架，气头里威胁说自己要去吃药绝育了。他这样一威胁竟把老婆吓得什么似的。可见当时女人把生儿子看得多么重要。

我们家再往西，起先住的是施家。施师母是个基督徒，而且很虔诚，她联络了一些教徒，以太太居多，在自家的客堂间里做礼拜。在今天，就像是外国电影里说的“家庭教堂”了。我听到传过来的家庭主妇们唱的赞美诗：“耶稣爱我万勿错，自有圣书告诉我。”在她们这里，基督教的一切都已经变得很中国化了。施家也是宁波人。她的这一套想必是从宁波带过来的。施家的老三和我哥哥来往，老四和我一起玩。他们家有一个女儿，后来到北京某报社资料室工作，还帮我从上海带过茶叶。施家兄弟上的都是圣约翰大学，一个学化学，一个学外语。老三后来参军，在解放军外语学院教书。前两年他还和大哥等几个老朋友见过面，一块吃过饭。施家当时经济条件较好，他父亲总爱翻新花样。比如，买一辆两人一前一后一起踩的脚踏车来踏着玩耍。

后来，施家搬走，那里又搬来一家姓徐的宁波人。多年前，我回上海见到他。他说，三弟来啦，我老早就晓得侬（你）会有出息的。我小时很顽皮，不知道他是怎么看出来的。他虽然有一份差事，但据他自己说这是“做做样子的”，实际上他大概是依靠做股票为生。他太太老是病病歪歪的。几个小孩比较小，与我们玩不到一起。

再过去一家，住的是一家姓万的湖北人，有两兄弟。哥哥在海关工作，上班时穿一身白制服，蛮神气的。弟弟戴一副眼镜，穿长袍，样子比较土，像是在邮局里做小职员。弟弟的妻子特别胖，一只眼睛有点毛病。说来有些不敬，我无意中曾见到过她洗澡。我们小孩爱爬屋顶，去放风筝或是仅仅为了登高透气。有一天我爬到她家屋顶上，朝下一看，她正坐在木盆里洗澡，吓得我赶紧逃了下去。那时正值盛夏，有晒台的人家常在那里晒水，水晒热不用又会变凉。所以她才会在黄昏时将木盆拖到楼道上洗澡，一般是不会被人看见的。当然，对于自己那两个儿子，她好像是并不在乎也不回避的。这对夫妻有两个儿子，都是我的玩伴。听说小的那个后来便南下工作，现在也算是老干部了。只是因为参军晚了几天，未能得到“离休”待遇。

万家老大的太太比较瘦，不是知识分子却戴了一副眼镜。一口湖北话声音绷响，全弄堂都能听见。他们有一子一女，儿子人很温和，女儿长得蛮秀气的。儿子小时候在天津住过，会说北方话，那是因为他父亲的工作经常会有调动的关系。

万家隔壁，又是一家姓吴的人家。这家有个小孩，后来与我成了同行。前几年，我们单位有人到外地去开日本文学研讨会。他回来后对我说，开会时遇到一位同行，现在是某知名大学的外国语学院的副院长，此人说是我的旧邻居，向我问好。我想半天想不起来，后来打电话问了六弟才算弄明白了。

掐指算来，短短的一条分巷，出的人才还不算少。是不是？

短巷轶事

再往西，与我们弄堂相连但房子稍高一点、新一点、质量也好一点的，就是另一条短弄了。头上第一家楼下住着两兄弟，年纪靠近 20 岁，比我们都要大一些。他们的母亲年纪不大，皮肤白得有点不健康。听说她是小老婆，丈夫是当官的，到大后方去了，这是当时有点身份的人家的通常情况。这一家的隔壁就是子女很多的吴家了，他们也是宁波人。父亲在一家纱厂做职员，母亲年轻时是纱厂女工，听说当过“拿么温”（Number one），也就是女工头了。她说话声音有点发沙，走路身体摊得很开，也确实有些“权势集团”的霸气。他们家的孩子里，大姐很泼辣，我记得她和弄堂口的罗宋人（苏联人）吵架，一声声骂他们是“罗宋、罗宋、小赤佬”。大儿子倒是挺文雅的，长得也很英俊。后来被一个年纪比他大一些、戴一副眼镜、比较富有的小姐看中，很早就结婚了。从我母亲和她的女伴聊天说到此事的口气听来，像是怪替他觉得可惜的。这个儿子好像后来没有进大学。他下面有一个妹妹，很爱与我们男孩混在一起玩。我们都觉得她厚皮涎脸，不像一般的小姑娘，都不欢迎她凑进来。吴家再下面有一个弟弟，比我小。一般只能凑在人堆边上听听，凡事都还轮不上他发言呢。

吴家再过去几家，住着一家两兄弟，也是我们广东中山人，姓郑，好像与我也姓郑的祖母这方面还有点亲戚关系。他家大哥的太太（我们叫她表姑）也算得上是个人物。人长得还可以，化了妆穿戴整齐后还挺引人注意。她胭脂涂得特别浓，小孩都叫她“红面孔”，隐去前面的“猢狲屁股”四个字。（这在修辞学上有个说法叫什么格的，可惜我已把郭绍虞先生教我的还给“俚老娘家”了。）但这位表姑脸上最突出的地方还是那双三角眼，挺亮，也很犀利，像是要告诉别人：什么都逃不过她的法眼，谁也休想蒙她。她那嘴也很来得，口才不错，广东话里夹着些上海话甚至是英语词儿，有时候还能口出妙语。她既能说也爱说，嗓门又大，往往是人未来声音已到，连同她的笑声以及流行歌曲的片断。我以后再也没遇到口才这么好的人了。战乱期间，她丈夫做投机生意能赚到一些钱供她挥霍。她爱打牌、跳舞、看跑狗（这也是一种赌博）。我记得有一次和父母一起随了她去亚尔培路逸园（今“文化广场”）看跑狗。她看好一条狗会赢，便让我父亲帮她去买“票”。这样支使佣人似的让我父亲为她跑腿，使我感到非常不愉快，甚至有一种屈辱的感觉。

这个表姑的丈夫大概有点吃不消这么一位咋咋呼呼的夫人，因此在外面有了相好的。他有时说要上外地去办事，实际上是到藏娇的金屋去小住几天，放松放松。回来时则在上海卖苏州特产的店里买上几包松子糖之类的食品，说是从苏州带回来孝敬夫人的。但是这一小小的花招自然瞒不过那双三角眼锐利的透视力。于是她“一哭二闹三上吊”，大吵一通。大概刺激受多了，表姑吐血了。她去看中医，中医说需饮童便。于是有一天母亲怪不好意思地拿了只缸子来到我面前，叫我往里撒尿，说是有用。我挺不情愿地往里撒了一泡尿，给表姑免费提供了一服药。我施的这服药是否灵验自己不敢吹，不过后来她的病果真好了不少，至少是不咯血了。

表姑有一子一女：儿子人好像板板的，不怎么聪明的样子；叫咪咪的那个女儿则娇小玲珑，眼睛大大的，见到人总是笑眯眯的，很讨人喜欢。住在他们家的底楼的是郑表叔的弟弟。人比较沉稳，不多说话。妻子是位苏州人，皮肤白白的，身材丰满，不难看。她嫁过来多年，也多少会说些广东话了。反正她的广东话比广东人结结巴巴说上海话好听。依我看广东人是不大善于学别种语言的。你只消听听香港明星做的电视广告，便知吾言之不谬。

这条短弄最深处的住户是程家。他们好像比较富裕，程家小姐进进出出总穿翻毛皮大衣一类贵重时髦的衣服。她有一个弟弟，但不大跟我们玩。他家也是宁波人，即是前面提到的帮助隔壁哥哥脱身的那一家。

以上所说的，即是我所住的里弄的一条支巷与相连短弄主要住户，特别是各家小孩的情况。这儿就是我小时候除了家庭、学校之外的生活中心。我的性格、兴趣与气质（如果真有的话）的形成，都与此有着密不可分的关系。这条支弄仅仅是五条支弄中的一条。而里弄所在的拉都路又是上海西区与法租界西头相连的一条中等大小的路。下面就让我再把笔尖朝外延伸，写写这条路以及附近地段，以显示它们与我小时候生活的关系吧。

我的活动范围

一个人小时候没有多大的能力，没有钱，没有自行车，一切都靠两条腿抢出赶回家吃饭的那点有限的时间，因此，我活动的范围不可能很大。在小学、初中的那几年里，我的活动范围大致是北到威海卫路（今威海路），南到枫林桥，东到法大马路（今金陵东路），西到贝当路这一带。

老上海都知道，现今叫襄阳南路的那条南北走向的不算大也不算太小的路以前叫拉都路，北起霞飞路（今淮海中路）马路对面，南到福履理路（今称建国西路）便断掉了。这条路南半段比较小市民气，北半段则比较高档。离我家不远在西爱咸斯路、雷米路（今永康路）一带有个小菜场，买菜方便，但环境比较脏乱。现在已被改建为高档公寓楼小区的“××花园”了，不久前我曾去那里拜访方平先生。要在从前，那里地上污水总是不断，空气中弥漫着烂菜与鱼、肉的腥味。路两边开设一些南货店、小百货店、本帮饭馆、点心铺与茶馆店，有点像南市一带的样子。我小时候能不走总不走这两条路。但西爱咸斯路再往西，则是较高级的住宅区了。五六十年前，上海还不像现在人这么多这么拥挤，一到那个地带，就让人有一种环境蛮欧化的感觉。“老大昌”面包房的工厂也设在这里。我父亲一清早“行早街”（晨练）经过那里，总要到散发出香喷喷气味的厂房门口，买一长条棍子般的法式硬皮面包回来当早餐。现在，也许得怪自己牙不好，似乎再也吃不到那么香脆的面包了。

过了霞飞路，现今叫襄阳北路的一带也有几条街法国味儿挺浓。有一次我和老同学来到那里，看到一座楼房，便脱口而出：“这不是伏盖公寓吗？”当时我们刚刚读过傅雷译的《高老头》，看到巴尔扎克对伏脱冷所开的那家公寓的详尽描写。几十年后，我与佩芬去巴黎旅游，清早起来到小旅馆附近的街道去散步，只觉得那儿怎么那么像旧日的上海法租界。实际上，分明是我们自己弄颠倒了主体与客体。

再记弄堂

还是从我小时所住的弄堂讲起。说起来，它与文化界还有点儿关系呢。曾看到有人回忆，20 世纪 30 年代时，茅盾、黄源等人组织的一个什么团体，就设置在这里。40 年代，白穆、孙景璐、王丹凤等演艺界人士都曾在这里住过。与拉都路相交的辣斐德路路口，有一家饺子馆，北方来的演员，以石挥为首，常聚在这里喝酒聊天，喝多了酒酣耳热，声音自然一点点大起来。那些道地的北方话便与大蒜味混合着从店门口飘出来，听起来就是与白云之流的“奶油小生”（当时这一名称尚未出现，我们会用“娘娘腔”的说法）说出来的不一样，让人听了精神为之一振。他们大多住在这一带弄堂的某个亭子间里。王丹凤（她倒不是北方人）住在靠襄阳路的一个二层楼里。隔壁的孩子胆子比较大，曾带我从后门进去爬上扶梯去请她签名。严格地说是为他签名，我不喜欢也不敢这么做。

里弄住的都是和我家差不多的市民，我家在其中还算是景况好一些的。这里住的大都是江浙人，以宁波人居多，他们天生有一副大嗓门，因此弄堂里一早就响起了不很悦耳的宁波话。听起来就像好事者为取笑他们而编造出的那段笑话：什么“啥棉纱线杜来啦”“蓝棉纱线杜来啦”，等等。那首谐音歌最后的结束语是“勿杜”（意思是“不去取”）。

弄堂里也住着几家从虹口搬来的广东人。一家住在靠马路过街楼房子的三层。我的外甥小时候曾托养在那里，当时正值困难时期，孩子瘦得好像一只小猫，显然是缺乏营养。附近住着的一家姓简，是弄音乐的，父亲好像是钢琴调音师。一个女儿在上海交响乐团拉小提琴，我哥哥和她有些来往。她眼睛大大的，面孔轮廓线条比较硬，就是一副广东姑娘的英爽模样。那样的脸是不会出现在无锡女子的身上的。

弄堂里的外国人

弄堂里还住了几家外国人。大约弄堂口也就是沿马路的房子里，就住了一家“罗宋人”。他家小孩不少。大一些的女孩即是与吴家姐姐吵架的那位了。有一个男孩年纪和我差不多，但个子要比我大得多，名叫“谢里克”，后来我读了俄语，才知道原来就是苏联小说里常见到的“谢尔盖”了。中国小孩和他打架，三四个一起扑上去他也不怕，我趴在他背上，他一甩，就把我甩下来了。多年后，我翻译到福克纳的《熊》里人、狗、熊激烈格斗的那一段时，就不由得想到当年与“小罗宋”打架时的情景。不过我们当时打架也不是真打，双方都不使出狠劲，不下狠招，不会往对方柔弱的部位，如胯下、脸面特别是眼睛下手。我们不过是在玩一种比较凶狠的游戏而已。双方不能用言语沟通，但心里倒是很有默契的。我还曾从“罗宋”小孩那里初次见到外国的“小人书”，那种竖开本的，才知道原来外国也是有小人书的。

弄堂里居住的另一种外国人是吉卜赛人。在我们南面两条支弄一幢房子的灶偏间（厨房间）里，就住有一家吉卜赛人。男男女女，大人小孩，都挤在一起，也不知他们是怎样烧饭和上厕所的。有一次，大家都说，吉卜赛人结婚了，快去看呀。我跟别人去到那里，只见里面一屋子的吉卜赛人，都在唱歌跳舞。女人家穿着纱衣裙，一转身便飘飘然的，皮肤虽然黑一些，但还是挺漂亮的。吉卜赛人眼睛特别亮，熠熠有神，头发则微带波浪形，身材也都苗条，矫健，可以算是比较好看的。二战结束，美国水兵来到上海的不算少。我常见到他们搂着吉卜赛女人的腰，走在林森路（霞飞路一度叫这个名字）上，而吉卜赛少年则成了给他们的姐姐嫂嫂拉皮条的，躲在街角落里跟水兵套近乎，问："Hey, Joe, want pretty gals?"但是还不等解放大军开进上海，这些流浪者又不知悄悄地漂流到世界的哪一个角落去了。

“Very good皮鞋带”

在辣斐德路、亚尔培路一带，住的外国人就更多了。不过还是以苏联人和南欧（西班牙、葡萄牙）人居多。只要看到屋子有百叶窗和白纱帘，就知道里面住的是外国人了。我到一位姓江的同学家里去，他父亲是个从哈尔滨来的医生，又出资在辣斐德路、拉都路口路北底层街面开了家“马迭尔皮鞋店”（马迭尔是英语“Modern”的音译）。他家住三楼，朝马路对面看去，那里的三楼里就住着一家苏联人。因为天热，女人上身只穿一副奶罩，我当时见了不免有些吃惊。在这附近的“上海电影院”看电影的外国人也多半是苏联人。当时他们都很爱穿美军剩余物资里的那种深绿色的卡其布工作服。

有一次，我看到辣斐德路海关大院靠马路的几棵玉兰开得很好，便爬到高处去采。我小时候爬树的本事可不小。此时，下面有一位洋太太经过，仰起头来看我摘花，并且做出想要的样子。我便摘了几朵，下树送给她。这算是我生平

第一次当了一回骑士吧。不过，会跟我要花的大概也是苏联人。真正有钱的英美大班都住在虹桥路那边，富有的法国人则住在贝当路（今称衡山路）一带的高档公寓里。我们家附近住的都是“二等白人”，要不就是犹太人，他们是逃避德国法西斯的迫害来到中国的。他们虽然也是西服革履，但总透出一股寒酸气。我有一次走到雷米路小菜场附近，遇见一位瘦瘦小小的外国人，手里拿着一个当时小学生用的长方形皮书包。小个子外国人见到我，把书包举起打开，只见里面放的是一束束的皮鞋带，他让我买他的货，说：“Very good 皮鞋带。”那个“鞋”字是用上海话发音的，作“a”声，因此，“biata”连在一起念非常顺溜，活像是一句英语。一副皮鞋带能值多少钱呢？足见他买卖的规模也够小的了。

拉都路北端近霞飞路路西，抗战胜利后也盖起了一座犹太教堂（synagogue），大门上方饰有一只六角星。后来我才知道那就是所谓的“大卫之星”了。

《万象》与《传奇》

我从小酷爱文学，这也许与有艺术细胞的母亲的遗传有关。由于小时候生活在敌伪占领的上海，我不可能看到较进步的少儿文学。（我记得父亲回沪后，把家中如《宇宙风》一类的杂志都处理掉了，因为里面总免不了会涉及抗日的内容。）我倒是看过几期姐姐拿回家的《万象》，也常在电影院门口的书报摊上见到封面设计怪异的张爱玲的《传奇》。当时看了，也看得有滋有味。但是对于张爱玲这一路偏爱写衰颓与没落的作品的理解，要在自己译了《押沙龙，押沙龙！》之后，才能有较深的感情与理解。也许用逆转的说法更接近真实：正因为少年时有了阅读张爱玲作品的底子，我在接近暮年用整整三年翻译福克纳的力作时，才会那么投入，以致译完不久，更准确的说法是译完此书接着又写完《福克纳评传》后不久，便生了一场大病，险些去见上帝。我在昏迷中有一种在罗马圣彼得大教堂见到米开朗琪罗雕刻的“Pieta”（《圣殇像》）的感觉，但是最后还是因为遭“拒收”而回到人间。这让我几年来又写了不少文章，译了好几本书，包括我认为与自己很投缘的奥斯丁的《爱玛》。我认为张爱玲的作品里也是能见到奥斯丁的影子的。

初识伍孟昌先生

拉都路再往北有一座东正教教堂，那些洋葱头式的金色拱顶远看真是漂亮极了，见到了总觉得它能让我暂时离开小市民的庸俗世界片刻。我无形中将这座教堂奉为“至美”的一个象征。我当时喜欢的还有两处地方，一是迈尔西爱路（茂名南路）走廊，即从国泰电影院往北到兰心大戏院这段右侧有遮荫的商业街，它背靠“十三层楼”（锦江饭店）。那里的橱窗布置都非常艺术，东西当然特别昂贵，不过我暂时还用不着。我敢于进去的唯一的一处是专售时代出版社的书的 VOKS（苏联对外文协）办事处。那里放着的出版物虽不怎么华美，但在别处是看不到的。英文版的《苏维埃文学》，我去了也仅仅是翻一翻，兴趣不是很大。当时，我谈不上有什么政治意识，也还未学俄语。那里最吸引我的是案子上放着的一台高档电唱机，声音不错，上面经常放一些苏联出版的古典音乐唱片，如柴可夫斯基的小提琴协奏曲，或《天鹅湖》《胡桃夹子》组曲中的选段，或他那首四重奏中特别优

美的乐章 *Andante cantabile*（《如歌的行板》）。当时电唱机都是 78 转的，因此过不了几分钟就会有一个人从边上写字桌旁站起来，给唱片翻面或是换一张新片。那人戴一副镜片厚如啤酒瓶底的眼镜，从不说话，换完片便又坐下写什么，旁边放了本词典，看样子是在翻译。那里的悠扬音乐、墙上所挂油画图片透露的浓郁的俄罗斯风味以及这位先生的恬淡气度，都让我十分迷醉。20 世纪 50 年代时我去北京工作，在老领导朱海观先生家里见到一个人，样子与我几年前在迈尔西爱路见到的那位翻放唱片者十分相似。朱海观介绍说，这位是人民文学出版社的伍孟昌先生。我对他说，以前好像是见到过您的，您是不是在上海 VOKS 办事处做过。他说，你怎么知道的。我说，我常去您那里听唱片的呀。他说，那里进出的人都会遭到国民党特务盯梢的，你不害怕呀。我说，我当时还是个小孩，怕是他们看不上吧。我后来为他译的高尔基《论文学》写过一篇短评，承他称赞说写得还不错。

在街道整洁、环境优雅、建筑精致的地方长大，对于一个小孩的心灵与艺术趣味的发展，无疑是会有积极的作用的。济慈的诗里说“A thing of beauty is a joy forever”，我深深相信这一点。

海格路与St.John's大学

上面所说的是我念中学时爱去的一处地方，另一处则是霞飞路和海格路（今华山路）一带了。那里有一些木框架结构外露的英式建筑，那些尖尖的红瓦屋顶、山墙以及顶楼上的牛眼窗，都让我十分着迷。路拐弯处慢慢驶来发出叮叮铃声，显得十分从容自在的有轨电车，使我觉得这儿的世界远离战争与苦难，连太阳光在这里似乎也格外温煦、灿烂呢。

我去海格路的目的当然不仅仅是领略异国情调。海格路上开有好些家专卖外文书的旧书店，我可以不花钱站在店堂里看上小半天。有时也会买上一两本，那里的服务很是周到。倘若选中什么书又嫌太重自己不好拿，或是钱没带够，尽可以把地址留下让店里送货到家，然后交书费。我有一次就以这样的方式买了一本大词典。我回到家不久，书店的小学徒就骑车把"货"运到了。后来我去北京工作，父亲还托我姐夫坐飞机把词典带来，至今还在我家柜顶上垫古玩呢。

海格路往北，就是静安寺与愚园路一带了，再往西北，是兆丰公园与圣约翰大学。我曾随年纪稍大一些的小朋友“潜入”St.John's 校园去玩。我只记得那里有一棵很大的树，枝杈分得很开，布下很宽阔的一片浓荫。我们几个孩子走累了，便在树干周围躺下，看着绿茵茵的大片草地和远处的红瓦屋顶，那里好像还有钟楼。当时心想，倘若能来这里上大学，真是最好不过了。隔壁家的几个哥哥都在圣约翰大学念书，他们进学校过不多久就像换了个人似的。一举一动都斯斯文文的，说话不带脏词儿，虽然仍然是说上海话，但是连土一些的“侬”和“阿拉”也都不用了。我问过一位哥哥，他若是要对大学老师提问该怎么称呼。他说，先要叫一声“sir”。这使我觉得大学跟中学就是不一样。这位哥哥还说，他参加了一个“团契”，经常练习和表演合唱，唱的自然都是宗教歌曲。听他一说，这些赞美诗真的是世上最纯、最美的音乐了，而他们合唱队的水平又是高极了。他用来形容最高级的说法，我记得，就是“har（harmonic，和谐）得不得了”。我中学去杭州旅游时参观过之江大学，江边山坡上的一幢幢西式建筑也给我留下了极其美好的印象。高中毕业考大学时，我报考了燕京大学和复旦大学的新闻系，结果被复旦正式录取。于是我便上了复旦，始终未能在教会大学里受陶冶。直到近四十年后因学术交流来到多伦多大学一个天主教会的学院，我记得那是以一位圣徒名字命名的St.Michael学院。在教师餐厅吃早饭时，一位神父教授还问我于斌主教近况如何，让我一时之间竟不知如何回答才好。

吕班路上的“生活书店”

少年时期，我爱去的另外一个地方是吕班路（今重庆南路）上的“生活书店”。从我住的地方往北，不多远就是霞飞路，顺着它往东走，有几家颇为洋气的店铺，如拔佳皮鞋店、西伯利亚皮货店、哈尔滨西点店，走过后面这家店以及附近一家“Kraft”的门口，总能闻到洋溢出来的一股香味，令人垂涎三尺。但我还得留着口袋里不多的那几张钞票另派别的用处呢，所以总需抵抗住诱惑，匆匆往前走。走到巴黎大戏院（今上海社科院）那里，有一家卖法文新书的书店，我相信傅雷与巴金会常来此处，说不定我还见到过他们呢。这里的书一般都很贵，非我所能问津。再往前走就来到能通向“法国公园”（今复兴公园）的吕班路，路口往南一拐，便来到了“生活书店”。关于这家书店，已经有许多当事人写过回忆文章，不用我多说了。我在这里看与买得较多的还是新文学与外国文学书籍，对社会科学与政治方面的书，总的来说，还是兴趣不太浓的。但我见到那里陈列着一种薄薄的刊物，是面向青年介绍新书的，比较对自己的口味，便每期买了看。这对我后来乐于终生从事编辑工作可能多少有些影响。20世纪90年代，在一次集会上我见到了陈原先生，我早已知道他就是那份刊物的负责人，便和他提起自己曾是这份叫《读书与 × ×》的杂志的热心读者。承他当时还告诉过我准确的名称，但后来脑子一乱，又记不准了。今天（2003年5月3日），在报摊上见到《读书》5月号，上面登有史枚先生回忆这份刊物的文章，才准确地想起刊名叫《读书与出版》，也知道先后为这份刊物出过力的前辈们的名字。当时，“生活书店”贴近读者、竭诚服务的作风，以及创办人韬奋先生的人格魅力，对于我这个正在成长的少年人，确实很有影响。我选读新闻系，后来一直安心做编辑工作，想来也是与此密切相关的。

我对外国文学，特别是对美国文学的兴趣，也在很大程度上归因于这一阶段的读书生活。我买了与读了不少翻译小说，俄国、法国、英国以及美国的都有。俄国作家中，我最喜欢陀思妥耶夫斯基和契诃夫。有一阵，曾对狄更斯的作品特别入迷。我读了不少巴金、丽尼、耿济之、董秋斯、罗稷南、蒋天佐、汝龙，当然还有傅雷译的小说。他们都是我在翻译工作上的私淑老师。我也读了一些当时流行的美国靠近左翼的作家，如杰克·伦敦、斯坦贝克、考德威尔的作品。我觉得他们写的书比较贴近现实，写的是真正生活中的人。我很欣赏美国现代文学的明快、直率与深度。这对我后来从事美国文学介绍与研究自然有直接的关系。

有一天，我又一次去“生活书店”，却发现铁门拉上了。门上贴有因故停业的告示。走到马路对面一家小书店去，听到里面的店员在“额手称庆”，说：“这下子可好了，劲敌没有了。”但是这家店的好日子也没能维持多久，上海不久后就沦入了“金圆券”的经济之灾。我后来再去上海，既没有再见到“生活书店”，也没有见到那家小书店。但万万想不到，几十年后，自己却与“三联书店”在业务上有了些关系。不但见到过陈原、郑效洵、许觉民、范用这些老“生活书店”的干部，而且认识了沈昌文、董秀玉、赵丽雅、吴彬、倪乐等一批新“三联”的同志。而几十年前为我爱读的刊物编辑写稿的老师们，如陈翰伯、胡绳、戈宝权等几位先生，也都真的成了我的校长（中宣部干部训练班）、院长（社科院）与同一个单位（外文所）的前辈、同事。至于我自己，也因能为“三联书店”多少做一些事而感到格外欣喜。大半个世纪之前在吕班路口结下的缘分，竟然还会在日后的生活中显现出来，这真是让人难以逆料。

挟宝而归

我少年时从“生活书店”出来，如果时间还早，有时也会往辣斐德路东头去走走，那里也有几家旧书店。这里接近“城里”（南市），比较脏乱，房子也明显比西区的差。那里还没有柏油路，地上铺的是一块一块的卵石，踩在上面不大舒服。逢到阴雨天，更是一片泥泞。旧书店规模小，所卖的书也更脏更旧，而且基本上没有外文书。但是也能买到些早已绝版的二十世纪二三十年代出版的旧书。我记得在这里买到一本赵家璧著的《新传统》，从书里第一次知道了福克纳的名字。当时，赵先生的译法是“福尔克奈”，他完全可以称得上是中国介绍福克纳的第一人。

从那条旧街走出来，往东北方向走不多远，就可见到一座法式官家楼房，那就是法租界工部局的所在地了。日军进入租界前，这儿门口站岗的照例是面孔黧黑、镶有金牙的“安南巡捕”。在这里，可以搭乘一路叮叮响的有轨电车到拉都路口下车，走回家便不太远了。在电车上，我最爱站在车厢入口处司机身后，看他开车。（简单极了，只需启动与刹车，再没有别的花头经。）司机是站着开车的，他身后有一只金属箍子可以倚靠。那只黄铜开关在他那双戴着白色工作手套的手日复一日地触摸下，被磨得金光锃亮。我也爱看他一路用脚踩踏车铃，关照行人与骑自行车的人，此时晚霞渐暗，天色变黑，霞飞路两边的霓虹灯开始闪烁着发出红黄蓝绿的各色光彩。我臂弯里挟着几本刚淘得的宝贝书，心中感到无比的满足与欢欣。

初学英语

下面，我想说一说自己学习英语的历程。

我所念的小学自高小起便设置了英语课，不过我觉得年纪太小时学外语没有什么实际效果，除非是在一个良好的外语环境里，那样也许对听懂与开口说的能力会真正有些帮助。我自己在这两方面都是有所欠缺的。父亲从香港回到上海后，一度待在家中无事，便给我补习英语。我记得用的课本是商务印书馆出的 *The Blue Bird*（《青鸟》），那自然是比利时梅特林克所写童话剧的英译本。有意思的是，几十年后，我自己将梅特林克另一个剧本《圣安东尼显灵记》译出发表。这个短剧的中译本似乎未引起注意，倒是蒙施蛰存老先生青睐，将之收入他主编的《外国独幕剧选》，于 20 世纪 80 年代由上海文艺出版社出版。

抗战期间有一年暑期，我不知从何处得知，有个青年会要办暑期英语补习班，便报了名去念。大约是每星期三个下午，每次两小时。用的课本是中华书局出版的 *One Thousand*

and One Nights。当然，单靠这点点时间，过完暑假，恐怕连水手辛巴达第一次航行的故事都是念不完的。教书的是一位年轻的女老师，校址在威海卫路靠近亚尔培路的一幢洋房里。我每次走去都要用半个多小时。好在走这条路与这点距离，正好不短也不算长，而两旁的法国梧桐宽阔的树叶也能为我挡去不少炙人的夏日。有一两次，走到半路上，美国飞机来空袭日军的军事目标了，于是我听到了轰炸声与高射炮对空射击的声音，也曾想透过梧桐树的浓荫，窥视 B–29 轰炸机的英姿。记得这个阶段正好也是我青春期到来之际，思想上、感情上都很紊乱。我当时年纪还小，又始终不是一个政治意识很强的人，除了常有饥饿感觉得油水特别不足外，对于战争带来的苦难，体会得并不深刻。我在学校里倒从未学过日文，想来是校长把外来压力很有技巧地排解掉了。我只是有时听说谁谁谁跑单帮背米，被日本赤佬用刺刀捅死了，或是知道从虹口过来的人愤愤不平，因为过外白渡桥竟要向手持刺刀的日本赤佬鞠躬。但被刺死的人我不直接认识，也从来不去虹口，因此当时的形势对自己精神上震动并不算太大。我只记得再早几年 19 路军保卫四行仓库时，小学里曾掀起过一阵爱国热潮。老师教我们唱“中国不会亡”（《歌八百壮士》），学生们表演“叠罗汉”，让站在最高一层的同学在

最高潮时将一面“青天白日满地红”的旗子高高举起。

读初中时，我的英语老师是朱耀坤，一位沪江大学毕业的青年女老师。她性情温婉，从不对学生凶狠发脾气，一只眼睛不知有什么毛病，眼珠白白的，大概是看不见东西的。我对她很有好感，因此比较守课堂纪律，比较用功，以免让她失望。这几乎已经将师生关系转化成别的一种关系，要是在哪位思路怪异的小说家的手里又可以成为一篇什么性心理小说的题材了。记得有一次举办英语演讲比赛，我满以为自己可以得到最佳成绩的，结果只拿到第三。我伤心得大哭起来。朱老师把我揽在身边，温柔地安慰我，还带笑地说：“得第三名不是蛮好了吗，快别哭了。”这是我从老师们那里得到的最温情的待遇。这么多年来，这件小事一直使我感到人与人之间，纵然不是亲人，也是存在着温暖的感情的。所以，我的心肠一般是比较软的，好像从未刻骨地仇恨过什么人。当然，对某一两个人一段时间之内怀有怨恨与不满，这种情况还是难免会有的。朱老师后来结婚生孩子，就不再来教我们了。

“大曲死”

念高中时，我的英语老师是陆福遐。他早年毕业于中央大学外文系，是范存忠先生的高足。他到位育中学任教之前，在上海中学教书。当时，他应李楚材校长邀请，来做过一次演讲。只见他用“浅显”的英语（special English）对我们慢吞吞地说：“Dear students, my name is Abraham Loh.”接着，便在讲演中时不时穿插一些笑话，这些笑话要让初中水平的学生能够欣赏，自然不能太深。我只记得他有一次说了一句：“Don't you see?”（你们明白吗？）接着便做了个鬼脸，问道，“这句英语发音是不是酷似上海话里的‘大曲死’？”于是下面发出一阵大笑。陆老师待学生很和气，但他人比较周圆，不像大多数老师，多少要对学生摆出一副架子。也许正因如此，在我念大学时，曾忽生奇想，与几个同学一起上他家里去看他，在谈话时居然问他能不能帮我们找份兼课的职务。当时失业的人太多了，我们尚未毕业，家中还养得起，找饭碗的事怎么说也不该轮到我们呀。陆老师心里当然会觉得奇怪，但脸上丝毫没有流露，仅仅问了句：“是现在还是毕业以后？”年轻人常常就是这样不懂事。

我学英语年数虽然不算少，但底子并没有打好。当时学外语不像现在，没有一套科学方法，全靠死记硬背，不教语法，不做句法分析。因此学生对原文的理解往往不大确切，有时又是知其然不知其所以然。不过，说不定现在的中学生甚至包括大学生，也不见得都能如我所想的那样符合要求。我的看法也许又是不切实际的了。

在朱老师、陆老师教我之前，像是在小学里，我就遇到过一位男老师。他采用的一本李儒勉编的教科书，内容相当艰深。我记得我们学过 Washington Irving 的 *Rip Van Winkle*。试看文章头上的那一段：“Whoever has made a voyage up the Hudson must remember the Kaatskill mountains. They are a dismembered branch of the great Appalachian family, and are seen away to the west of the river, swelling up to a noble height, and are lording it over the surrounding country. Every change of season, every change of weather, indeed, every hour of the day, produces some change in the magical hues and shapes of these mountains, and they are regarded by all the good wives, far and near, as perfect barometers. When the weather is fair and settled, they are clothed in blue and purple, and print their bold lines on the clear evening sky; but, sometimes, when the rest of the landscape is cloudless, they will gather a hood of gray vapors about their summits, which, in the last rays of the setting sun, will glow and light up like a crown of glory."

当时，老师要求我们背诵课文，因此我至今对这段文字还比较熟悉。但是直到如今，我还得花些脑子才能把各个词组的关系理清，想要译成漂亮的中文更非易事。我无意在这里评论中学生英语教材的深浅问题，只是对自己当时英语学习的情况作一番介绍而已。

这样囫囵吞枣式的学习结果是，大多数人的英语仍然不过关，基本上不能用。但是少数人，或是特别聪明，或是继续再下苦功夫，终于攀上山峰，能在一定程度上把英语作为一种工具来用。我大概可算是后面的一种人吧。

在中学最后一两年里，我试着译一些短东西，如好莱坞电影讯息之类的材料，投给当时的《大晚报》，也蒙其采用发表了一些。关于这件事，我曾写过一文，发表在台湾的《中国时报》上。里面写我如何去领稿费，说我如何兴奋地揣上“私章”，乘上 49 路红色公共汽车，又如何推开四马路报馆铜棍（brass bar）锃亮的玻璃门，在齐我眼睛高的大理石柜台前看那位烫着一头蓬乱头发的出纳小姐扔出几张小额钞票，那就是本人卖文生涯中所拿到的第一笔稿费了。

高中时代我也开始阅读英文小说了，不过最初读的还是俄国小说的英译本，那当然浅显好懂得多。当时上海放映的好莱坞电影很多，票价我也还能够承受。几年里看了不少。通过电影，对外国生活多少有些感性认识。战后，父亲曾带我到浦东原先日军的集中营去看望怡和洋行的老上司。我见到一座大仓库里住了许许多多家英美人。他们用被单把自己家与别家隔开，生活当然非常艰难。至少，卫生条件极差，大仓库里“浓得化不开”的洋人体臭味简直让人受不了。这次访问让我认识到，倘若贫困潦倒，西人也会像中国穷人一样凄惨，这倒有助于动摇我的民族自卑感。在心底里，我一直是以作为一个中国人而感到心安理得的，如果不说是骄傲的话。后来，我读到福克纳写给马尔科姆·考利的一封信，里面写道：“生活是一种现象而不是什么新鲜玩意儿，是到处都相同的一场通向虚无的疯狂的越野赛跑，而且不论处在哪个时间阶段人所发出的臭味也都是一样的。”读到这里，我就会想到浦东仓库里的那股气味，于是嘴角一抿，显现出一个无声的会心微笑。

几位语文老师

在中学里，我先后受业于几位优秀的语文教师，我后来得以从事文学编辑、翻译、研究工作，对这几方面的工作多少还能胜任，与他们的谆谆教诲是分不开的。

第一位应该说是鲍文希老师。他是位育中学一创办就来任教的语文与历史老师，好像是大夏大学毕业的，是苏南人，具体是哪个县我就说不清了。他记性特别好。中国历史上各朝各代的更迭，重大事件与人物，分而合合而又分、南北政权对峙与消长等复杂情况，他都记得清清楚楚。他自己写下了那一切变动，后来还让一家不大出名的书店出版了。这书我在书店的书架上还见到过。鲍老师常提起大学里教过他的赵景深先生。有一次，还请赵先生来给我们做过演讲。这是我生平第一次见到真正的大学教授。

除了教他的专业历史课之外，鲍老师还教我们“国文课”。他好像对宋词特别有感情。像李后主、李清照的名字和代表作，我都是第一次从他那里听到的，这好像不是正式课文，教科书里并没有，是他兴之所至，在课堂上给我们吟诵的。他读得很有感情，如那首《浪淘沙》："帘外雨潺潺……天上人间。"让他读得荡气回肠，一波三折。他给我们念过的还有："无言独上西楼，月如钩……"在他的熏陶下，我这个不识愁滋味的少年，倒有点想"为赋新词强说愁"了。不像现在，真的有了烦恼却一下子不知怎么倾诉了。当然，我年轻时，词是填不出的，仅仅是在做的作文里多了一点酸气酸味而已。鲍老师后来与中学里管庶务的李引娣老师恋爱结婚。再后来便离开了位育，不知上哪里去了。最近，收到母校寄来的建校五十周年纪念刊，总算在上面见到了文希老师的近影。

这之前或之后，有一位姓陈的老师来教过我们语文。这位老师只讲北方话，但又不像北京话，可能是河北人吧。我们学校里倒是有一位教低年级音乐课的女老师，叫平慧玉。但凡弄不清一个字、一句话在北方话里应如何发音时，老师们总请她出马判定。平老师个子并不高大，穿一件黑丝绒旗袍，显得身材挺苗条的。她眼睛很亮，下巴颏儿尖尖的，三十多岁模样，挺有风韵。她倒也能说上海话，但有些生硬。也许是从小生活在北平的南方人，因为北方沦陷而逃到上海来的。我还是回到陈老师这个话题上来。他老是穿一套西服，皮鞋、领带……但这副打扮，总显得与他老夫子的气质不大合拍。听说他是从无锡的国学专科学校毕业的。而这个学校，老师们提起时，总是带点敬畏的口气，似乎水平之高，是不在话下的。后来我看到回忆汝龙先生的文章，知道汝龙先生也在那所学校里教过英文。

陈老师也许学问底子很深，不过口才并不算好。他教我们念的书是《孟子》。所以我们都会背几段："孟子见梁惠王。王曰：'叟……'"但我们大约学了半本《孟子》，学期就结束了。后来开学，便再没见到陈老师。古人打趣说，某位开国皇帝是半部《论语》治天下，我们这一班学生倒都是学过半部《孟子》的。孟子的气势、原则性、论辩力、逻辑性都给我留下了深刻印象。后来，读到翻译过来的苏联论文，觉得它们只会骂人，却不会以理服人，比孟子的出色论辩可要差得太多了。现在想想，小时候所学的经典，对一个人的影响力可谓大矣。

中学时还遇到过一位余老师，皮肤白白的，戴一副金丝边眼镜。他口才不算好，好像也未受过什么正规教学方法的训练。记得有一次，一个同学强词夺理的反诘倒把他给噎住了，他一下子什么也说不出来，只能苦笑。我很同情他，看得出他热爱文学，特别是外国文学。他在班上宣告，他藏有不少世界古典文学方面的书籍，同学们想看，便可以出借。我当时大概刚看过茅盾先生写的《世界文学二十讲》，提出要看荷马的《伊利亚特》和塞万提斯的《堂吉诃德》。他分两次借给了我。书都非常整洁，他显然是个爱书的人。可惜的是，这些书遇到了我这样一个不懂事的小孩子。由于我只能挤出有限的时间看书，总是在吃午饭时一边吃一边看。结果是免不了在书页里留下些菜汤米粒。现在想想，真是对不起这位文静清秀的余老师了。

我演话剧

中学里教过我的语文老师似乎还有位先生，但是想半天没能找到什么比较鲜明的回忆。只记得有一次他接见来访家长，见到打扮得比较鲜艳的女家长，神情像是有些呆滞，于是便有刻薄的学生编派他了。学生的嘴有时真是缺德，所以旧日里老师打他们的手心也是情有可原的。

高中时，教我们的庞翔勋老师给我留下了比较深的印象。他是抗战后从西南回上海的。这一点与以前的老师大不一样，学生常常能从他嘴里听到一些大后方的情况。这对我们这些在沦陷区长大的小孩是十分新鲜的事。我记得他讲过日本空军轰炸重庆，炸塌了防空洞入口。那些防空洞是没有通风设备的，结果许多老百姓被闷死在里面。庞老师除了指斥日本鬼子的野蛮外，也对重庆政府的措施不力加以抨击。好像是有关方面锁上了铁门，不让老百姓出来，结果是除了炸死的之外，出口处又挤死、踩死了一大批人。这真是一场空前浩劫。庞老师说到这里时静默片刻，神情凛然，给我留下了很深的印象。

庞老师口才很好，上课时常扯到当时大家关心的一些热门话题，如内战、谈判等。他当时的政治倾向是比较“左”的。他的本职工作似是在《国讯》杂志社做编辑，那是杨卫玉先生主持的一个中间偏左的刊物。后来他们归并到民主促进会里去了。庞先生专门编了一本薄薄的语文课本，用作我们的补充教材。我记得里面收有一篇政论文《方生未死之间》，写得很有气魄，但是让人觉得稍稍有些装腔作势。后来知道是出于乔冠华的手笔。课本里还收有一篇《薤露》，内容是哀悼阵亡士兵的。感情沉挚，文辞华美。作者似是无名氏。后来庞先生听说无名氏即是某某人，好像是嫌他政治倾向不好，就叫我们别念这一篇了。听说无名氏改革开放后去了台湾，政治态度果然是一成未变。

中学上语文课时，我们还学过白居易的《长恨歌》。当时要求我们背诵全诗，所以对“汉皇重色思倾国”（《长恨歌》）以及“三月三日天气新”（《丽人行》）等，至今还有点印象。总的来说，我高中阶段脑子还不大开窍，做什么都有点心不在焉，包括学外文在内。我好像是工作后学了俄文，懂得什么是句法（syntax）后，才回过头来对英语语法、句子结构等有了稍稍准确一些的理解的。

中学时代，与语文课有关的活动之一是演话剧。说出来，认识我的人也许不信，我这样的一个人也居然参加过演出，而且演的还是男主角!

比我们低一班有一位叫杨瑞兰的女生长得很出众，细高挑个子，眼睛大大的，鼻子细细直直的，女同学一看到她，都会齐声叫她“charming girl”！老师们都很喜欢她。她便成为当然的女主角了。接下来要考虑的是戏里的第二号人物，这个小姑娘的弟弟。我虽然在高一班，但个子比较小，也许平时表现得比较机灵，老师便挑中了我。

这出戏是出悲剧。姊弟俩吃了不少苦，又冷又饿，等待天明，像是隐指抗战胜利前的黑暗状态的。其中的高潮部分是两人蜷缩在墙角，唱一首凄凉的歌。歌的开头两句是：“度过这寒冷的冬天，春天就会来临。”作曲的似乎是陈歌辛。正式演出时我母亲也应邀去看了。我从台上瞥见她坐在前排，偷偷用手帕拭泪。后来，她常跟我提起演出的事，老说我们演得很逼真。她特别欣赏扮饰姐姐的那个女孩的形象。

这以后，我还参加过一次演出，剧名似乎叫《××医生》，是翻译过来的。我在里面扮演一个老人。同伴们说我压低了嗓音，听来确实是老气横秋，“很逼真呀”。老师请了某话剧团的一个人来当导演。那是个北方人。朱家泽老师买了他的一些油彩，以此作为给他的报酬。这之前，在讨论演出什么内容时，朱老师提出演吴祖光的《少年游》，我提议演袁俊的《万世师表》。其实，一个小小的中学剧团，哪里有能力演这样的大戏呢。少年人的确是不大懂事的。如我的回忆里就很少有理科老师的影子。其实他们才是位育的顶梁柱，像李玉廉、薛鸿达、陈安英等，都是非常优秀的老师。数学女老师陈安英还曾感化过班上最顽劣的一个同学，使他改邪归正。可惜我当时兴趣不在这方面，实在无法说得再具体一些了。

早逝的同学

上中学时，特别是最后两年里，与我来往最多的同学是陆时协。

陆时协戴一副深度眼镜，走路腿稍稍有点跷。后来才知道，那倒不是因为腿脚有毛病，而是因为患了小肠疝气。他家住在拉都路、辣斐德路以北一处公寓房子的顶层，房子较新，质量也比一般的弄堂房子要好些。他跟我一样，喜欢看外国小说。当时我们两人总交换着读，但似乎他借我的书看的时间更多些。读的无非是屠格涅夫、莫泊桑的小说等。我印象中，他对情欲描写多一些的法国小说更感兴趣，也许是性方面比我成熟一些吧。另外，他喜欢听当时的流行歌曲，特别是白光用低音唱的那几首，如“我要你，常在我身边”“我等你回来”等。他说那软绵绵的女低音真是“妙不可言，令人无法抵御”。而我当时对这类“庸俗”“浮浅”的东西，思想上是不屑一顾的。

与陆时协处熟后，他请我上他家去吃过饭。我发现他母亲比较年轻，皮肤白皙，是苏南一带人。（她胃好像不大好，经常要打嗝溢气。）而父亲却是个比较老的人。时协一点点向我透露，他母亲是小老婆，大老婆与家中别的人住在另一个地方，那里的房子更大。他父亲是做房产生意的，老根儿是在西安，在那里有不少房地产。难怪他借我的书去看时，总用一张印花的壁纸包上。当时，装修房子流行的做法是用这样的纸糊墙，那就算是很够档次的了。陆时协告诉我，逢年过节，他母亲总要带着他和弟弟上大宅子去向“大姆妈”一家“请安”。这对他总像是一次特别的屈辱。但他又为家中有深厚的底子，这里也包括父亲的多妻，而隐隐感到自豪。我当时心底里对此颇不以为然，总感到《家》中的觉慧的态度，才是唯一、正确的思想。

2004 年 1 月 19 日，我收到姐夫从美国新泽西州传来的一封信。他读了不久前我通过 e-mail 发给他的回忆录初稿。他的信中也提到了陆时协。他是这样写的：“陆时协的父亲陆雨苍是我家的房客，一家四口住整幢（拉都路）178 号。他的异母哥哥陆时兴是教师。姐姐陆时言读南模女子部，比我高两班，同台湾辜振甫的夫人严倬云（严复的孙女）同班。陆雨苍深度近视，弓着背，为人精明。我们叫他老狐狸，白住了多年房子。”信中也提到演戏的杨瑞兰。“杨瑞兰应该是我们弄口174号的杨家小妹了。我中学时常同她的两个哥哥玩，听说她后来嫁给了一个医生。”姐夫的材料是第一手的，别人不可能知道，所以插抄在这里，谅他不至于见怪吧。

陆时协还有一点也让我难以理解。他对穿着还挺讲究，虽然他长相方面并无任何出众之处。当时，我就听他夸耀过怎么央求他父亲给他定做了一套西服，而那件上装的肩膀又是多么的宽阔。他很为此而得意，还显示给我看，眼角怎样稍稍向后侧视，便能见到两只隆隆然异常壮观的衬垫得高高的肩膀。我口上不说，心里却认为他趣味不高，未免有点娘娘腔。因为，我认为，只有女人家才会对这种啰里八嗦的琐事感兴趣的。另外，他也很为他家比别人早很多时候就有了电冰箱而洋洋自得，虽然我去时，他招待我的只是放了冰块的白开水。后来，他去了一次西安，说他父亲在那里有不少房地产，曾跟随他家的“账房先生”到一些地方去巡视，俨然已经以少东家的身份出面了。

陆时协后来与我一起进了复旦大学，他学的是园艺系。毕业后似乎分配在一个中等城市。有时出差，会来看我。他来到北京，不知为何，总喜欢逛服装店，买了不止一条毛料裤子。有一次手头钱不够，还向我借了二十多元，这在当时也不算是个太小的数目了，因为我每月工资也不过六十元左右。这笔钱他一直未还，看了姐夫的信才知这一做法并非出于个人独创。过了一阵，听说他因病去世了。他大概是我们班上最先离开人世的一个。在大热天里，他冒着汗，一拐一拐走进我家还书借书的情景，仍然恍若眼前。

CH与SX

在这一篇里，要谈谈直到现在还与我保持联系的中学同学了。想了想，用实名不大方便，那就改用代码吧。

首先，当然得提一提 CH。

CH 好像并不是从一开始便进位育，而是半当中从别处转来的。和他一起来的还有他的表弟。刚到位育时，他们成绩并不算好。当时，我好像是班上的一个什么小干部（套用现在的叫法，当时称作什么已记不清），管管收发作业之类的小事。他们表兄弟有时会塞给我一小包花生米之类的贿赂，让我帮个小忙。我记得礼品第一次塞到手上时，真让我有点不知如何是好。好在这样的事也顶多发生过一两次，后来 CH 成绩越来越好，便用不着这样做了。那位表弟成绩却一直升不上去，他对自己的发饰衣着比较注意。头发蜡光，留了个大背头。衬衫硬领总是很挺，好像未上大学，后来到嵊泗列岛税务局当了名小职员，一直郁郁不得志。

CH 到中学最后一两年时，忽然大为起劲地编起墙报来。

每过一阵，走廊里便会贴满一期花花绿绿的新墙报。文字大都出于他的手笔，插图则是从当时的美国*Life*、*Esquire*、*Collier's*等画报上剪下来的。老师怎么会发现CH这个人才的，我一点儿也不知道。可能是我当时在班上的地位已从"elite corps"沦落到"grass roots"堆里去，属于老师认为无需告知的普通人了吧。不管怎么说，这一期一期的墙报倒让我认识到对CH需要刮目相看，他原来是个文理俱佳，能写能编的全才呀。

又过了一阵，班上同学得知CH兄的翻译作品在《西点》《蓝皮书》《大侦探》这样的刊物上发表了。大家传来传去翻看某位同学带来的杂志，心中都觉得新鲜与羡慕。我那时也曾和一个姓陈的同学合编过油印刊物。只出了一期，只接到过一篇投稿，作者乃合作编刊的那位同学的弟弟。那时我亦开始向报纸副刊投稿（起先还让我母亲誊清，因为她的笔迹更为"老练"），但是比起CH兄来，我显得太不成气候了。于是，我逐渐与他接近。同样这样做的还有另一位同学SX。我们三人来往渐渐频繁，相互借书看，聊聊翻译与投稿方面的事，我与SX常上桃源村CH家去。他住的那排弄堂前门对着辣斐德路，后门系桃源村的第一条支弄。站在他家后门外，抬头便可见到CH兄所住的三楼后间。叫一声他的名字，他便会下来开门。想不到五十多年之后，CH兄仍然住在那里。全班同学里，最不挪窝的，必定是他了。他身体不好，念大学即在复兴西路的华东纺织学院。他好像是走读的，来去学校用不了一个小时，毕业后就待在家中做专业翻译家。也极少去外地，“文革”时大串连，他坐免费火车到了杭州，因为“吃不消”，就掉头回上海了。此外，我再没听说过他出外到过什么稍稍远一些的地方，反正是北京都未曾到过。当然，他译了许多书，翻译质量是高的。但是，他得到的人生乐趣太少了。再说，他一直没有结婚。

SX是福建人，抗战后才随父母回到上海的。他家起先住在西爱咸斯路一幢公寓房子里，后来搬到附近较高级的弄堂房子的三层楼上。他有一个妹妹、一个弟弟，只记得这个弟弟相当淘气。SX年纪比班上同学稍大，有些人生经验，为人比较圆熟，因而讨得了“老滑”这样一个绰号。其实他为人非常忠厚，也是个文理科全才，中文表达相当老练。他最早与CH一起弄翻译，译了些短篇侦探小说发表在刊物上。我是最后才参加到这个三人小组里的。CH好像担任过级长，当时并没有班长这一叫法。

好像是在我还没有正正经经译出什么东西时，上海就解放了。有较长一段时间学校没有复课，我们便凑在一起看看外文书刊，跑跑书店。我们从《苏维埃文学》上知道了美共作家Howard Fast（霍华德·法斯特）的名字，CH又从旧书店里买到了法斯特的几本原文书，包括*The Last Frontier*与*The Unvanquished*。我们先把《最后的边疆》译出，投给新文艺出版社。过了一段时间，出版社来信约我们去谈谈，CH与我去过，由一位叫王勉（后来知道他即是文章写得很老到的鲲西）的编辑接待。他的写字桌置放在高一些的台阶上，因此有点儿像是法官。他告诉我们，译稿可以留下考虑。总之，我觉得好像没有费多大周章，这本书就出版了。

我的回忆肯定不准确。CH在2002年8月27日给我的信里提到此事。他是这样说的："（你在《寻找与寻见》后记里）也有一些是记忆之误。如'后记'中提及《最后的边疆》出书日期，那是1952年一二月间。当时应是读大四，而不是读大二。记得我们着手翻译此书，已是在读大三了。1951年春天我们干得热火朝天，后来给出版社一看，浇了我们一大盆冷水。当年夏天，你去无锡某报做暑假实习，SX也不知去哪里实习了，由我一个人埋头苦干。我整理出半部稿子，交给出版社，接待的还是王勉（鲲西），仍不肯给我们一个肯定的答复，害得你在无锡干着急，信如雪片飞来，信里还附了许多青虫干（可见是在晚上写的），你戏称为美国炮灰的尸体。直到我全部交稿，他们还是没有给我们明确的答复。据我的回忆，这本书他们始终没有给过我们接受出版的书面答复，就是那样含含糊糊地拿去出版了。到十月或十一月里就通知我一部分校样来了。那时你似乎又去搞什么运动去了，幸得有SX还在上海。到第二年年初书就出版了。想想那时的出版周期，竟比现在还快，真是不可思议。记得那天我接到通知，拿到样书和稿费，已是傍晚，先到你家，你正好不在。我把样书、稿费留在你家。后来你吃过晚饭就来我家，那天我们都很兴奋，还到'澳大利亚牛奶棚'去喝了杯牛奶。那天SX大概在校未归，所以记忆中没有他。五十年前的事，至今记忆犹新，真是感慨系之。"

CH作为翻译的领头人，许多事由他经手，过程知道得自然比我清楚。他的记性也好，我只记得我建议去喝牛奶的事了。那家"牛奶棚"开设在淮海路上，比较洋气，牛奶质量也确实高些，价格（因为包括坐堂费）自然要"辣"一些。CH当时说："板要（一定要）用脱眼（掉些）才舒服！"接着便一起走了进去。后来他用稿费买了些衣服，其中的一件藏青色制服，我直到20世纪90年代见到他时，他还穿在身上呢。

接着我们三人又贾余勇，译出法斯特的另一部小说《没有被征服的人》。书名的译法，我还请教过复旦外文系的索天章教授。因为就我自己而言，连“unvanquished”和“unvanquishable”之间的区别，都还不大清楚。当时，我上索先生教的大三英语，同班同学中有一位后来当了驻澳门的大使级代表，后来在中国译协的会上见到过。索先生此时穿起了干部服，但那顶布制帽扣在头顶上，又皱又歪，让人看着像《十五贯》里的娄阿鼠。听说他还是满族贵胄（索尼）之后。他那一口京腔京韵，在上海是难得听到的。此外，他善唱京戏，在复旦是有名的票友。

《没有被征服的人》这本译稿我们给了平明出版社出版。后来知道负责审稿的是萧珊发现的人才——祝庆英女士。这是她工作后所编的第一部稿子。我后来认识了她。多年之后，我又在北京认识了汝龙先生。出我们那本书时，他正在平明编辑部工作，不知审读过我们的幼稚译文否。当时，他已经译了不少书，是位有名的翻译家了。几年后，他在《译文》编辑部参加学习，我才认识了他。真是“山不转水转”，人生何处不相逢啊。

SX在交通大学航空系毕业后，当了空军。他穿上军服戴上大盖帽的样子，我总看不大惯，仿佛这套行头是借来似的。几十年后，他回到上海龙华参与制造麦道飞机。现与夫人都已退休，住在上海枫林桥附近一条幽静的路上。夫人身体不好，我前几年去沪时，见到他们两人交相扶持，慢慢地走在法国梧桐树荫底下。

飞机跑动，起飞，加速，疾驰，遇到气流，颠簸抖动，恢复正常，再次疾驰，然后逐渐减速，盘旋，下降，着落，滑行，安全抵达……这就是反映我们三个同学，也是大多数普通人共同命运的一部再平淡不过的纪录影片吧。

ZJ和其他同学

ZJ 是另一位与我关系比较密切的中学同学。他和 CH 一样，也住在桃源村。不过，他住在进去三四条的横弄里。他的父亲在海关任职，母亲像是大户人家出身的。有一次我上他家去，他母亲见到我便说："一见就晓得是好人家出身的。"那个"好"字尾音往上翘，有点苏州话的韵味，和我母亲语音接近，因此使我产生出一种亲切的感觉。

ZJ 下面有好几个妹妹，还有弟弟。他是老大，人比较聪明，也很开朗活泼，文科理科成绩都不错。我记得他会打篮球，喜欢唱歌，合唱队里总有他的身影。他也爱玩，所以常和我在一起。他现在住在天津，我们至今还有往来，常常交流外国音乐与电影方面的消息。

我们班上还有几位同学也值得一说。一位女生，叫 YCF，父亲是当时的粮食部次长，后因一件什么预先透露经济情报案而被解除职务。未出此事前，YCF 在班上可是位引人注意的同学，因为家长地位最高的也就是她了。她住在拉都路、辣斐德路口的一幢洋房里，我们路过时，有时可以见到她坐在三楼窗口一张桌子前做功课。她成绩还可以，也不算特别拔尖，但是老师选择她在毕业典礼上代表大家作谢师演说，她说到一半时竟激动得哭了，也许是因为紧张的关系吧。老师选中了她，这里头显然有讨好有权者的含义在内。她父亲是留美归国的，听说是宋美龄体系（夫人系）中人。她妹妹也在位育较低的班级里念书，人长得比 YCF 好看些。她的母亲我也见到过，像是到学校来开家长会见过的，确实是一副雍容华贵的官太太的模样。YCF 后来去了香港，曾给同学来过信，说是在医院里做护士，非常辛苦，想是此时她父母也无力量照顾她了吧。还记得她在班上时，有一天我走进教室，听见她在哼唱柴可夫斯基的《第一钢琴协奏曲》一开头那几个小节的旋律。当时好像正在上映一部美国影片，里面有演奏这段乐曲的镜头，因此她也受到感染了。

另一位叫 WDZ 的同学亦是富家子弟，数理化成绩很好。但人有点心不在焉，有一天早上穿了两只不一样的袜子来上课，被同学引为笑谈。他家里住的也是一幢独立的洋房，地下室被辟为实验室，有做化学实验的全套设备。而且用了一个专业的实验员，大概是他们家的一个什么亲戚。一天，WDZ 领我们在做实验，不久，WDZ 的母亲到地下室来了。她说小孩子不懂不要乱来，会出事的。于是，我们便停下不做了。做化学试验发生爆炸的危险确实是存在的。

班上还有个叫CGQ的同学，年纪比我们大，已经有些小胡子了。他家在昆山，因此只好住读。另一位叫JPG的是太仓人。他们是我最早接触的外地同学。在一定意义上也可以说，他们为我开启了一扇走出上海之门。后来念大学时，接触的外地同学就更加多了。再以后，我干脆整个人都北上了。中学时，住校的还有一位叫WWW的女生，后来在南京大学教英语。“文革”时到学部来看大字报，我们又见面了。她那时穿了一双解放鞋，人胖得我险些认不出来了。我原来的印象中，她是个脸色稍稍发青，两只眼睛又黑又大，挺楚楚动人的女生呢。中学同班同学中，与我一样做外语性质工作的，除CH外，恐怕也只有她一人了吧。

校长李楚材

在上面我写到了不少位位育中学的老师，却未提到学校的创办人与校长李楚材先生，之所以迟迟未能落笔，是因为对于他，是需要好好想一想、认认真真写一写的。

我手里还保留着一份讣告。它是这样写的："中国共产党的挚友、著名的教育家、社会活动家、上海市原政协常委、中国民主促进会上海市委员会名誉副主任委员、中国陶行知研究会顾问、上海市位育中学创始人、位育中学名誉校长李楚材同志，因病医治无效，于 1998 年 4 月 22 日 13 时 15 分在上海华东医院逝世。享年 93 岁。"

李校长是陶行知先生在晓庄师范的高足，是决心办好中学教育的那辈人里的一位。他不苟言笑，一套灰蓝色的西装总是穿得整整齐齐的。长相也天生严肃，活脱是位中学校长的模样。国字脸，方方正正，头发往后梳，老是一丝不苟的。脚上是一双黑皮鞋，总是干干净净的。天再热，我也不记得他穿过短袖衬衫。他是天生的，也是专门受过训练的一位中学校长。说话从来不气急败坏，从来不激动。我从未见到过他责骂学生，当然，更不要说对他们施加体罚了。即使在体育老师唐璜与他闹对抗，并且在全体学生面前表露出来之后，他也仅仅显得稍稍有点愠怒而已。另一次，一位体育女老师认为操场的煤渣地不平，且易起尘，在上面活动不但对学生健康无益，反而有害。她情绪激动，很有罢操的意思。李校长果然从善如流，过不多久，便动用了他自己对教育部门官员们的影响力，让当局派来器械，给操场铺上了沥青面。我记得，抗战期间，由于家庭经济困难，母亲有一次见到学校发的缴费通知上写有“……者可申请减免”这几个字，便工工整整用较旧的文体写了份申请书，让我拿去交给李校长。李校长看了那些话与那笔字迹后，叹了口气，问了句：“是你母亲写的？”遂在上面批了一句：同意免交一半。这是我生平第一次也是唯一一次申请补助，所以记得比较清楚。

李校长在教育上的一个创举是推行中学教学上的“五年一贯制”。这到底可行抑或不可行，我也说不清。反正在我们这几班学生毕业之后就停止推行了。不过，我确实是从中学早毕业了一年。再多念一年我也许会觉得受不了，至少是很难挨的吧。我后来体会到，从某些方面说，大学比中学好念，研究生的日子又比大学生的好过。我中学少念了一年，正好把幼稚园里黄老师让我蹲班的那一年补了回来，而且是以好玩的一年替代难过的一年。想想还是合算的。

李校长的德政，除了教育本身的创造性业绩之外，依我看，还有一个很重要的方面，那就是：在敌伪时期，他抵制了开设日语课；在国民党统治时期，我们没有明显感到学校里存在国民党与“三青团”势力的存在。抗战以后，倒也来过一位穿青年军制服的教公民课的老师。不过，看来他并不是专门搞政治的党棍子，公民课讲得磕磕巴巴，亦不过问学生的政治倾向问题。老实说，位育中学是所带点贵族气的学校，不过问政治即是其主要倾向。我们学生都吃自己家长提供的或好或差的饭食，“反饥饿”与我们不搭界。我上大学后，听到同学唱：“吃不饱哪怎么办哪？”心中有点奇怪。暗自想，连吃饭问题都要政府包下来，这是不是有点过分呢？

李校长骨子里还是很开明的，但他不把自己的想法挂在嘴上。我在校时爱看些进步书籍，这大概也给人看出来了。有一次我不知为什么事走进校长办公室，李校长竟然叫住了我，与我谈起辩证法的三大法则来，什么“从量变到质变”等。我想他跟我讲这些，无非是显示这些他也是知道的，追求进步的并不是只有我一个人。

前些年，李校长给我来过一信，是对我去信或寄去的书的回信。信里说我小时候的样子他脑子还有印象。李校长的女公子健鸣前几年在北京歌德学院管事务，曾与我工作上有过接触，只觉得她做事风风火火，行政能力很强，表现形式上与父亲不太一样。

1948年夏天，我从位育中学毕业。曾报考燕京大学新闻系，结果一位同学录取了，我却只是备取。考复旦大学新闻系，倒正式录取了。口试时与我谈话的是陈望道先生。其实，我倒是有心像高尔基那样，到外地去“浪游”的，但我父亲认为教会大学收费高，我一个人去北方生活开销大，家中也不大放心，主张我在上海就读。于是，我便进了复旦大学。谁知道，四年之后，我还是去了北京。看来，命运的安排实在是难以违抗。按说，北方的生活应该是我这部回忆随想曲（Capriccio Memories）的第二个部分了，但是我却产生不出写下去的兴致。原因之一是多年来身份低微，一般都处在漩涡的外缘，未曾目睹什么精彩的场面。二是运动搞多了，人与人之间容易产生戒备心，不可能交往太深。三是命运与同类人相仿，倘无深刻的洞察力，肯定写不出新鲜的意境。何况随着年纪渐渐老去，我的感受能力已经大大不如童年、少年时期在上海生活时那么灵敏了。

中篇 尘缘未了

搬　家

是啊，又快搬家了。

从数月前拿到新居钥匙的那一天起，就忙开了：请人装修，添置家具……最累人的是把旧居内需要搬去的东西一一打包，逐步运走。光是书就几乎装了两车。如今，旧居只剩下吃饭、睡觉必需之物，真有点不习惯呢。

是啊，又快搬家了。从半个世纪前离开父母家起，我到底搬过几次家呢？连自己都记不太清了。

想当初，独自一人拎了个铺盖卷和一只小箱子，进了北京。一开始，住的是几人一间的集体宿舍，毫无个人隐私可言。几年后，结婚了，总算有了一个房间，却连厨房、厕所都是没有的。记得新婚之夜，从舞会回来，还是和妻子费了好大的劲儿，把靠在门外那张单位发的双人木床搭进屋里架起的呢。从那时起，搬家频频。一会儿住这个院子的东厢房，一会儿住那个院子的耳房。到20世纪60年代，也许是因为小两口的木屐声让同院的大人物听了心烦吧，居然蒙恩，拨给我们一间住处，这才总算有了个相对封闭的小世界。

从那时起，历经"文革"与"文革"后，将近二十年，我们一直都住在那里。孩子从小猫那么点大到长成个半大小子，都与母亲挤睡在一张床上。冬天够暖和的，夏日炎炎，就像进了蒸笼了。那阵子，普通人用不起空调。况且光用电扇，闸盒就已经热得烫手，经常还会自行罢工。

到1986年，"积分"渐多，分到了一套小三居。好歹每人都有了自己的空间。然而随着时间的推移，环境渐渐变差，嘈杂、吵闹，汽车整夜不停地在枕边碾轧，时不时还传来特种车的怪吼，让人受不了。另外，家中东西也越来越多，"物"在挤压人，整个儿一副异化现象。去年大病一场后，想想再不住得好些，真是枉来人世一场了。于是贴了些钱，换了一套三室二厅的房子，居住面积几乎翻了一番，地段也比较僻静了。现在，一切大致就绪，单等煤气一通，就可以乔迁了。

有时去新居整理物件，累了，坐在餐厅深处（相对而言），朝远处（也是相对而言）的窗户望去，周围黑幽幽的，看什么都有点朦胧，窗外却明亮、清晰，让人仿佛置身于山洞之中，心也自然沉静了下来。听着音响里放的一张CD，啊，是Takako Nishizaki演奏的《莫扎特第三小提琴协奏曲》(K216)呢。熟悉的“Adagio”乐章响起，在空空的房间里显得格外忧郁与缠绵。此时此际，想想自己的一生，失去的东西不少，得到的也有一些。美国女诗人伊丽莎白·毕肖普在一首诗里列举她一生所失去的，如：钥匙、母亲的表、宝贵的光阴、朋友、三所房子、家园、祖国(她晚年离开美国迁居巴西)……我也有所失。我失去的是什么呢？双亲、一位走得太早的姐姐、最应出成果的青春岁月、本该得到的发展机会……然而我也并非一无所获：我有亲人、有也许还不算太菲薄的成绩以及友情、家园，还有人生阅历……失也好，得也好，如今对我来说，都不重要了。孔子说过：“富与贵，于我如浮云耳。”真不知他老人家是在什么情况下说这句话的。

窗外，白云悠悠，是北京如今少有的高爽天气。我的心在如泣如诉、似怨似慕的小提琴声中飘荡与起伏。琴声哀婉而甜美，像林间沁出的一股清泉，滋润着我伤痕累累的心。

威尼斯的回忆

友人从天津来电话，说即将在原意租界处修建一马可·波罗广场。我告诉友人，建好后一定告诉我，我会去看的。不过，我希望见到的不是崭新、俗不可耐的假古董。我在海河边的利顺德大饭店啜饮过咖啡，在马厂道旧英国乡村俱乐部进过餐，那里都让我生出不少历史遐想。

前年夏天，我和老妻曾去西欧一游。所有的国家都很漂亮，法国不用说了，卢森堡、列支敦士登都精心修剪得跟小花园一样，只是人工味重了些。比起来，我最喜欢的还是处处留下古罗马或文艺复兴时期痕迹的意大利。那些大理石群雕、那些造型奇特的罗马松树，还有但丁邂逅贝雅德丽采的佛罗伦萨旧桥……这些景色，都无不令人心醉。回国后好久，我的心有一半似乎还留在了亚得里亚海边。

当然，最让人难忘的还是威尼斯。前些时听说海水上涨，圣马可广场得搭上木桥才能让游人缓缓通过。那么，广场上那些鸽子都到哪里去了呢？还有那些摆地摊卖艺术品的非洲人呢?我见到他们在卖杰柯梅蒂的以瘦长、冷俏为特点的铜像复制品。太重了,不好带。我们只买了一条红蓝黄黑四色图案的夸张的丝巾,至今还盖在我的CD机上。

那天,参观过广场与教堂后,导游宣布"自由购物"一小时,游伴们一哄而散。老妻和我信步走到一条小河边,不由自主地在台阶上坐下来,看着绿得发幽的河水与轻轻摆荡的荇草,几乎始终没说一句话。一直到快该集合了,才恋恋不舍地离去。事后,我以那次小憩内容写了这样一首小诗:

威尼斯河埠头上

来自东方的老夫老妻
坐在古旧的河埠头上
市嚣声像是越来越远
Gondola[①]也暂时不见
脚下的水并不清澈
有点微腥,一如家乡河川

阳光温煦,拍岸水波

① 小艇。

汩汩低语，让人发困
如果此时有一只灰色的
水耗子嗖地飞快窜过
是意料中事。不过没有
想是进入了童年回忆[①]

一个意大利中年男子
推着手车悠悠走来
在拐角一幢窄小库房
门前，打开挂锁取出
几箱饮料，然后离去
这里运货用不上汽车

霎时间忘了是在旅游
倒像是回到儿时家乡：
江南小镇，拱桥附近
也有河埠，石阶逐渐
没入水中，洗菜淘米的
大嫂小妹，叽喳不停

① 绍兴某首儿歌中有一句是："老鼠拖到河埠头"。

忆起集合时间快到
赶紧穿越小街，两边
都是卖料器工艺品的
店铺。走进一家，炉火前
师傅正拉扭柔软的玻璃
三五下成了一对小人儿：

绅士脱下三角礼帽
弯身向贵妇人鞠躬
是献媚抑或在 salute[①]
老夫妻对看一眼，决定
买下，反正不贵。于是：
烦请 signorina[②]包上

临行，忽发奇想，老人
问 maestro[③]，可否留下

① 行礼。
② 小姐。
③ 大师。

亲笔签名？“没有问题。”

于是纸盒上出现花体的

意大利文，辨认不清

能看懂的只是日期：

16，06，99.

不知将建成的天津马可·波罗广场附近有没有小河，有没有石桥，有没有河埠头？那可是少不得的啊！

艰难行进[①]

关于我学习外语的事，真不知从何说起才好。因为，坦白地说，我在这方面至今心里发虚。我的英语只能说是大致过关。别的外语也曾学过一些，但是都已还给老师了。

我小时候，从小学三四年级起便开始学英语，但我看那没有多少用。到五六年级时，太平洋战争发生，香港沦陷，我父亲九死一生逃回上海。他失业在家，无事可做，便想起给我补习英语。我记得他买来一本商务印书馆出版的梅特林克的英译本 *The Blue Bird*（《青鸟》）。那是个童话剧，文字生动浅显，大概是我第一个勉强读懂的外国文学作品了。想不到从此开始，我与外文、外国文学结上了不解之缘，也想不到几十年后，我有机会译出梅特林克的另一个剧本《圣安东尼显灵记》。此剧还蒙施蛰存老先生看中，收入了他所编的一本《外国独幕剧选》。

小时候，我弟弟读的是林语堂编的开明书店版英语课

① 此文系应《英语学习》“老马识途”专栏邀请所作。

本，内容生动，还收有一些英语歌谣，如“Baa, baa, black sheep, have you any wool? Yes, sir, yes, sir, three bags full”。我听他念，也就记住了。里面小孩的问话声调一点点提高，老羊的回答则越来越低沉，让我觉得挺有趣。这大概就是自己与英语诗歌的最初接触了。这里的音调抑扬顿挫与韵律美（如头上三个“b”音和两个尾韵）开启了我对英文诗这一方面的感性认识。此外，我母亲在苏州教会中学上过学，会唱一些英语歌曲。家里来了客人，常会聚在钢琴前唱“My Bonnie lies over the ocean, my Bonnie lies over the sea”或是“In the glooming, oh my darling, when the light is dim and low”等。这对我来说，也许既是音乐上，又是英语听觉效果方面的启蒙课吧。反正接下去那句“softly come and softly go”是很让我迷醉的，虽然当时我不可能明白“softly”是“轻轻地”的意思，但那声音本身听着就觉得非常温柔了。至于今天的儿童不断听到从电器里哀鸣般发出的“Love, oh love, oh careless love”，日后在外语学习上会受到什么影响，那就不是我所能料到的了。就我自己而言，如果说小时学外语有什么收获，我想无非就是在语言直接感觉与艺术敏感上多少得到一些启发与磨练。除此之外，再想得到更多的什么，恐怕也只是一种奢望了。

接着，我进入中学。之所以对英语课有一种亲切感，一方面是成绩还算可以，另一方面是那位女老师人很温和（也许应该说是“温柔”），使我不忍心因我功课不好而使她感到不开心。我记得有一次举办英语演讲比赛，我自以为能拿到第一，结果只得到第三名。这使我伤心得号啕大哭，这位朱老师把我揽在身边，好言好语地劝慰。高中时，一位陆老师也能像同辈朋友那样对待我们，上课时见我们困倦便会穿插讲一个与英语有关的笑话。例如，问我们“Don't you see?”发音像不像上海话里骂人的话“大曲死”？于是学生哄堂大笑，睡意全消。我在这两位态度特好的老师的教诲下，取得了中等偏上的成绩，这是至今都要感激他们的。

记得在初中时，我们采用的是一本李儒勉编的英语教科书，内容偏深。里面有一课是美国作家 Washington Irving 的 *Rip van Winkle*（《吕伯大梦》）（原作很长，那里收的必定是选段了）。开头第一段那几句，直到今天我差不多还能背下来：“Whoever has made a voyage up the Hudson must remember the Kaatskill mountains. They are a dismembered branch of the great Appalachian family, and are seen away to the west of the river, swelling up to a noble height, and are lording it over the surrounding country. Every change of season, every change of weather, indeed, every hour of the day, produces some change in the magical hues and shapes of these mountains, and they are regarded by all the good wives, far and near, as perfect barometers."老实说，今天要让我译好，还得费些力气，因为它句式变化多样，词汇丰富，语言华赡，声音铿锵，还加上各种各样的插入语，而这种偏于繁复的修辞方式正是为再现富于变化的景色而必须采用的。我当时背是能背了，也隐隐约约感到它的美，却无法理解每一个词（如为什么说"seen away"？今天我大概就会译作"往西远眺"了），更无法分析清每一处的语法结构。但不管怎样，自己的美学欣赏范围无形中还是得到一定的扩大。想不到几十年后，自己从事文字特别纠结的威廉·福克纳的研究与翻译时，少年时的感受又依稀重新浮现。看来，年轻时多开开眼界，广泛接触各个时代、各种风格的英语作品，即使当时不能全懂，总还是有些好处的。

在高中时我开始编译些小东西，向上海的晚报副刊投稿。多投几次后也蒙采用了。虽然得到的稿酬渺不足道——扣掉领稿费时用的车资也仅能买一只三角包的花生米了，但这样的经历还是给我带来刺激与欢乐，使我进入大学后继续在这一条路上往前走。从大三时起，我和两位中学同学合译的两本书相继出版，“奠定”了我后来所走的外国文学编辑、翻译与研究的道路。

我在大学里念的是新闻系，赵敏恒先生教过我“英语报刊选读”。赵先生免费发给学生他买来的英语刊物。我记得念过一篇 *Why Do People Snore*，是典型的“Reader’s Digest”风格的美国科学小品。赵先生清华外文系毕业，做过路透社记者，外语水平自然不凡。我有一次问他翻译中遇到的一个“regiment colour”词，原以为他总要看看上下文的。怎知他连眼睛不眨便告诉我，是“团旗”之意。另一位先生伦敦大学新闻系出身，但有一次竟把“thanks to”（由于）解释成“谢谢”，遭到外文系来听课的一位小女生以提问形式表达的诘疑，使我们新闻系的学生感到脸上无光。

蒋孔阳先生当时也在新闻系教书，当然，不是教英文。他对我说过，他是怎样攻克英语这一关的。他曾从头到尾细细啃读过 Thomas Carlyle 的 *On Heroes, Hero-Worship and the Heroic in History*。等全书啃完，他的英语水平也明显提高了一大截。我想，这也不失为一种办法。

新闻系的外语课没得上了，我便尽量多选外文系的课。但尽管如此，我仍然不能算是科班出身。因此，前些年复旦外语系曾托人约我去“讲学”，我近乡情怯，婉言谢辞了。

我的英语水平后来有所提高，现在揣摩起来，大约有两个原因。一是念了俄语。通过对两种外语的比较，许多以前模模糊糊的英语句法、词法上的问题，顿时变得很清楚明白了，连整个人也好像变聪明了些。另外一个原因更为重要，那就是通过做编辑工作，我向上级、同级乃至下级同事学习，向供稿的专家与一般的投稿者学习。学了一年一年又一年，直到退休。前辈如萧乾、朱海观、罗书肆在我改过的稿子上再加工，使我知道，哪些地方改错了，哪些地方本可

与翻译界前辈冯亦代、梅绍武、董乐山在一起（傅惟慈摄）

不改，哪些地方应该改我却没看出来。这对于我，都是在上课，在做作业。有一年纪念美国文化名人本杰明·富兰克林，我译了他在《穷理查年历》中收入的格言以充补白。萧先生帮我一一改成格言体，使我对文体这一概念大受裨益。当然，外约的译者更是我的老师了。我经手发过稿的译者名字，几乎能构成一部近代翻译史：周作人、傅雷、邵洵美、董秋斯、叶君健、丽尼、卞之琳、杨周翰、王佐良、周珏良、赵萝蕤、吴兴华、杨宪益、冯亦代、杨绛、李赋宁、屠岸、绿原……实在难以一一枚举。这些先生的译作，我都用心学习过。看得多，眼界自然有所提高。这样，即使自己手低难以追随名家，比起在井底称王称霸的青蛙，总多多少少要占些优势吧。

致巴金先生的信

×× 女士：

承来电约我写短文。我想了想，不妨将 1988 年自己写给巴金老的一封信转去，此信我当时写了也就忘了。可是巴金故居 2012 年 5 期的内部刊物上，刊登了那封信，我收到了一份。过了二十多年再看看，似乎还有些意思。

尊敬的巴老：

您好！另邮寄上 1988 年第 1 期《读书》杂志一本，上面刊有拙文《寻访康斯坦斯·加尼特》。我之所以写这篇文章，完全是因为年轻时读了先生与几位老前辈从她的英译本转译的俄国小说，印象很深。我想，先生也许会对 Garnett 夫人的情况感兴趣，故此奉上一册，望多加指正。

写完关于 Garnett 的文章后，我又为《读书》写了一篇 Sylvia Beach 出版 James Joyce 的 *Ulysses* 经过的文章。这位女士 1919—1941 年间在巴黎开过一家书店（Shakespeare and

Company）。顺便问一句，不知先生在巴黎时去光顾过否？书店开在左岸 L'Odean 街。

我之所以向先生提起此事，是因为拙文中提到北京图书馆藏有先生所赠的 1924 年 Shakespeare & Co 出版的第四版 *Ulysses*。此书扉页上有先生的墨笔签字“金”、图章与藏书章。从书背后的“价格章”看，先生是从上海常熟路大同旧书店买的，书价人民币四元。不知先生购此书时有什么值得一提的事否？是哪一年购的？若有可以一提的趣事，交《读书》发表，亦是一段佳话。顺便提一句，我大学时代也经常去那一带的旧书铺看书的。

我有幸见过先生两次。一次是五十年代在北京前门饭店。我是和陈敬荣女士一起去的，先生当时与靳以师在一起。（我是靳以师的学生。）另一次是几年前，我与冯秀娟女士冒冒失失闯到华东医院，想请先生为《世界文学》组稿。见到先生身体不好，匆匆退出了。我当时“offer homage to”[①]先生，说自己走上介绍外国文学的道路，完全是受了先生的影响。先生客气地回答：“我是外行。”此情此景，现在还历历在目。

我 1952 年从复旦新闻系毕业后，一直在《译文》《世界

---

① 英语，“表示敬意”的意思。

文学》做编辑。与你熟稔的高莽是我的上级。我们都一直很感激先生对我们刊物的支持。

不多打扰了。

顺颂

安康!

学生李文俊

1988 年 1 月 22 日

也可以像她那样地写

南京译林出版社组织翻译了美国当代女作家桑德拉·希斯内罗丝（Sandra Cisneros，1954—　）的《芒果街上的小屋》（*The House on Mango Street*，1984），要我在书前写上几句话。我推却不掉，贸贸然把差使接了下来。

刚开始看这部作品时，一时还有点摸不到头脑，用现在的流行语来说，是“找不着感觉”。因为它跟一般小说的写法不太一样。写什么都是简简单单的几笔，点到为止，绝不作繁缛地渲染，有点像中国画里的白描手法。但读着读着，芝加哥拉美裔穷人聚居的一条小街在眼前出现了，两旁是歪七竖八、摇摇欲坠的木结构房子，外面刷的油漆大半都已剥落，晾着“万国旗”的晒衣绳从这里拉到那里。居民们出现了，棕黑色的皮肤，英语说得还不太利索。一帮一帮的小孩也出现了，打打闹闹，有个把还“折进”了少改所。然后，主人公兼叙述者埃斯佩朗莎的身影一点点清晰起来了，有血有肉，有悲也有喜，但并不大起大落。咦，这不是我小时候住的弄堂口开“老虎灶”那家的“金宝”吗，在北京人眼里，她也许还挺像羊尾巴胡同里的那个老拖鼻涕的“七妞”呢。没错儿，这就是一个最普通不过的女孩的寻常故事，说完了一段，再来一段，但还挺有韵味。你不能不承认，通过一幅幅的白描，这本书塑造出了生动的人物形象，描绘出了一个时代、一个地方、一个群体的生活侧面。按照《哥伦比亚美洲小说史》的说法，它的文学样式应该是“minimalist short story cycle”，亦即“简约派小小说系列”。用这种形式写这样的内容，应该说还是比较恰当的。

我国最近涌现了一批青少年作家，受到瞩目。很抱歉，他们的作品我还未能拜读，不知写的是不是普通人的生活。不过我想，像《芒果街上的小屋》这样的书，我们的女生应该也是写得出来的。其实爱好文学者，即使不是年轻人，都不妨动动笔，至少可以留下些文字材料给家人、后裔把玩嘛。说实话，我自己就是这样做的。前些时，我正好一时之间没什么正经事情急于要做，学用电脑也没多久，便边练电脑边打出了一份“回忆录”，写的是我童年、少年时代在上海一条弄堂里的生活。也是随随便便，自由自在，不加渲染，写到哪里算哪里。由于有些事涉及个人隐私，我一直仅仅是让这份材料雪藏在电脑里。不过写完后，曾发给已在美国定居的姐夫一读。他阅后除了纠正一些不够准确处之外，还补充了不少内容，并且兴致勃勃地说自己也要“依法炮制”。这不，我也算是写过自己版本的《芒果街上的小屋》，并且在美国拥有热情读者了。我写的那组回忆后来以《天凉好个秋》为书名在上海出版，自然是没有享有《芒果街上的小屋》那样的反应。而译文出版社约我写的介绍文，亦未见于该译本之前或之后，显然是未能达到约稿者的要求。我一点儿也不怪出版社，自己也是经常退掉别人的投稿的。不过倘若是约稿不用，那是得由一级一级的领导做出决定，由我出面做恶人去表示歉意的。

了不起的女儿

2004年年末，中国译协决定表彰一批资深翻译家，颁发证书的仪式在北京铁道大厦举行。当天上午，但见一位位白发苍苍的老先生、老太太进入会场，有的步履还很坚定，有的则需要倚仗拐棍什么的了。我注意到有两位还是由女儿搀扶着慢慢走来的，他们是绿原先生和孙绳武先生。他们的女儿我已在别的场合见过，所以是认识的。绿原的女儿还记得我在《开卷》上发表的一篇写淘旧书的文章，大概因为那里也提到南京朝天宫地摊上在出卖他父亲译诗的手稿。前些时听说绿原先生家中遭遇到很大的不幸，失去了本可算是家中的一根顶梁柱。这位刘女士（绿原姓刘）该付出多大的气力，才使家庭的航船重新平稳行进的呢？孙先生的女儿长得很秀气，看得出是个心灵手巧的女子。但是始终未听见她说话的声音，即使是会餐时问她父亲要吃什么菜时，也是通过纸与笔交流的。我当然是听说过孙老家庭的缺憾的。为了要知道他现今的电话号码，我把一只手的大拇指小手指叉开放到耳边，用另一只手点点孙老。她立刻就领会了我的意思，在用来“笔谈”的那张纸的角上写下孙老的电话号码。我撕下要带走，她马上让我明白我带走的是前一分钟我留给孙老的我自己的电话。两只纸角遂得到了正确的对换。

我心中顿时涌起一个感叹：这些女儿真是了不起呀。说实话，这样一张迟来的奖状对于两位老先生已经不可能起到什么鼓舞作用了。但是女儿能体会老人家的心情。他们多么愿意有机会沾染一些喜庆气氛呀，又是多么渴望会会多时不见的老朋友呀。他们自然希望日子过得平静，但也不反对生活的水面上有时也漾起一些小涟漪。两个女儿完全领会了老父亲的心情，真可算是“贴身小棉袄”了。前些时，袁可嘉先生的女儿也曾推了轮椅，送父亲来社科院参加外文所四十周年所庆的活动。想到这里，我眼前不由得出现了一位位了不起的女儿的形象。比如说，巴金、胡风、夏衍先生的女儿。她们经受过多少难以想象的磨难，简直要把心都操碎了，此外还需承担无穷无尽的繁琐事务。她们本来都有自己的才华，完全能做出一番事业，可是这些都让岁月的磨盘给磨没了。需要她们具有多么宽阔的胸襟，多么坚强的品质，才能扛起那沉重的闸门啊，而在承受着千钧重压的同时，她们还需让自己的脸上露出轻松愉悦的笑容，以安慰亲人，并对莫须有的罪名显示出蔑视。亲人不可避免地会离去，但她们还要留下来，须知她们也有每一个妻母通常都会有的负担，比如说，儿女一个个漂洋过海，只能通过一根细细的电话线去分担她们别一样的艰辛……有时候连孙辈的事还需她们去操心呢。俄罗斯诗人曾写诗赞美十二月党人的家属。我们这里有为数不算少的“了不起的女儿”，她们岂不是很值得我们敬重与讴歌的吗?

想起汝龙先生

前些时，河南一家《中学生阅读》的女编辑来访，要我推荐几位翻译家，以便她们在刊物上向小读者介绍。我当时几乎要脱口说出“汝龙”这个名字。接着记起她说过，还要请翻译家自己写文章“现身说法”，那自然得是健在人世的了。于是又想了想，另换了几位。

回想我自己梦想有一天能成为文学翻译家时，念得最多的恐怕就是汝龙先生的译文了。平明出版社那时一本本出汝先生译的契诃夫小说集，我几乎是出一本买一本。像“糟心透了”这样的北方口语，我是第一次在汝龙的译文里读到的。后来听说汝先生当过中学教员，总之是个普通人。由这样一位熟悉普通人心理的普通人，翻译写凡人小事的契诃夫，的确很传神。后来我见到汝先生，大脑袋，眼睛微笑着眯成了一条缝，但是里面的眼珠很亮。他与傅雷先生是不一样的两种类型。傅先生字“怒安”，号“怒庵”，曾因见解不同从某学院拂袖而去。20 世纪 50 年代傅先生来京，《世界文学》编辑部曾请他来座谈。他一个人侃侃而谈，根本没想到在座的也可能有个把高人，是有点目中无人的样子。这种性格在一定场合下是会把下巴套到绳圈里去的。

话头还是回到汝龙先生这边。五十年代初，知识分子都要求进步，散在社会上的一些专业文学翻译家坐不住了，也希望有个地方能“管管”他们。作协把这件事交给了《译文》编辑部。于是每隔一两个星期，便有几位翻译家来和我们一起参加政治学习。我也因此见到了汝先生，一起来的有高植，是不是有芳信或别人，不记得了。会上他听人念文件材料、听大伙儿发言，自己很少讲话。他还和我们一起参加义务劳动，是在钓鱼台宾馆或人民大会堂工地上扛木料与清除渣土。汝先生当时怕有四五十岁了吧，我印象中他体力与劳动态度都是不错的。

在休息时，他点燃了烟，我和他闲聊。他说他是苏州人，只不过在外面时间久了，所以惯用北方话。姓汝，叫及人。当时出了一本《契诃夫论文学》，也是他编译的，我买来读了。他说，里面有些地方看看没什么，仔细咂摸还有点意思。当时流行的是苏联摆出架子、板起面孔写的文章，像这类文字便显得“没有理论性”了。但汝先生也是在认真学习。不久后，作协召开一次契诃夫纪念会，会上汝先生念了他写的一篇纪念文，那里面也有理论，但跟苏联论文比起来，人情味强多了。记得此文后来发表在《文艺报》上。

汝先生告诉我他住在达智营，是在西单西面。后来这里拆了旧房盖起民族文化宫，他搬迁的新址我就不清楚了。他说达智营是小胡同，原来有意在香山（还是西山）脚下买一个小院落，在里面安安静静多译些书，后来打消了这个念头。我想这总是跟当时的形势不合调有关吧。

我跟汝先生说，除了喜欢契诃夫小说，我也很喜欢他收在集子里的那些杂七杂八的旁人回忆、评论契诃夫的文章。他说，他为收集这类文字很花了一些工夫。我自己后来也注意收集有关别的作家的同类材料，现在想来也与中学时代读书潜移默化受到的影响有关。

汝先生注意到我爱喝浓茶，红茶叶总占大半个杯子。他问我为什么不用宜兴茶壶。我说机关里捧着把小茶壶，嘴对着啜，像遗老遗少，像苏州人。他听我提到他的原籍，眼睛又是笑成了一条缝。

几位翻译家参加了几个月的学习后，便不来了。可能是因为机关里又要搞运动，有些事总得“内外有别”吧。那以后，整个翻译界也是一片沉寂，这种形势要到七十年代末召开广州外国文学会议时才有所改变。

我不了解汝先生“文革”中的境况如何。从《契诃夫文集》一直出了十卷看，他历经磨难后还是能够工作下去的。我想这与他的性格、地位有关。他不是头面人物，也许因此躲开了更重大的打击。一九九一年七月，他因病去世。外国文学界似乎有点冷落了他，我想是。他没有“帮派”，不是哪家出版社的老班底，也没有从莫大、列大学成而归。他原来从英文译俄苏文学，后来才学的俄文。这样的人往往处在“阴阳两界”之间。倒是萧乾先生常在文章里提到他。孙绳武先生告诉过我，“文革”时他迫于形势曾将全部积蓄（其实还不到一万元）交给了人民文学出版社。后来还是孙绳武先生想起他需要生存下去，设法让单位将这笔钱归还给他，使他感激不已。最近，我又见到巴金先生在《巴金译文全集·第一卷代跋》里感情强烈地说起汝先生：“一张大大的圆脸，一连串朗朗的笑声，坦率、真诚，他对人讲话，仿佛把心也给了别人似的。”“他热爱翻译，每天通宵工作，即使在‘文革’期间受虐待的恶劣条件下，他仍然坚持翻译契诃夫全集，他让中国读者懂得热爱那位反对庸俗的俄罗斯作家。他为翻译事业奉献了自己的下半生，奉献了一切，甚至他的健康。他配得上翻译家这个称号。”

是巴老的这一段话，促使我写下了以上的这些文字。

冷摊奇遇

因为旧货市场就在家的斜对面，手里又有几个闲钱，免不了每星期去逛上一次，主要还是看看有什么可取的旧书。但我已学会自我控制的本事。（那“秘诀”不妨公之于众，那就是：先从一数到十，然后再算一下自己若是长寿，余生中还能看上几本书。最后想想：把藏书捐出去只怕图书馆还不要，即使要了只怕也是用绳子一捆，堆在地下室角落任其朽烂了事。）因此，我总是翻得多，买得少。但新搬的较宽敞的家眼看又快放不下了。

不买书，即使在冷摊上翻翻也自有乐趣。前些时，友人来信说，在南京朝天宫发现了我的“手迹”，甚至还复印了寄来，让我“鉴定”，好像我是李叔同、李大钊似的。那封“手书”上的歪歪扭扭的爪痕倒的确是出自本人，好在收藏者是因为同一组货（英文中该叫“lot”了）中有绿原、屠岸这些“大名头”才把我那封搭上一并买下的，否则就不值得了。与信有关的那件事大约发生在二十年前。南京有一王姓青年说要编一本译诗选，十分热情地到处约稿，后来，自然是译稿寄去，没有了下文。这王某也销声匿迹了，想是当了洋打工后又成了海归派，在哪所大学里拿着高薪传授最新知识成果吧。至于“废品”是他自己处理还是家人处理的，那就不得而知了。

我倒是在家门口的冷摊（其实摊前被挤得热得够呛）上也真的看到自己的名字了。有一个摊子是“名人手迹”专卖点，货都用塑料套装着，要价不菲。有一天，我一低头，惊见“问候李文俊等同志”的字样，原来是上海辛未艾先生写给我所在单位的一个女同志的一封信。辛先生在那封信里说，承向他约稿，只是他马上要去日本看儿子，不知能否定下心来写文章。字迹比较工整，“歪斜度”上与我看惯的“辛体”略有出入，但用的是蓝墨印的“上海翻译工作者协会”信笺，想必不会是造假。要造假，哪里会想到“盗用”区区的名义呢。

我拿起一本书，总爱看看扉页上有没有什么字迹。一般都是买书人自记购于何时何地，这就一下子把我带到香港、新加坡、悉尼、伦敦或是美国西部、南方的某个小镇，真有点引人遐思呢。有的书看得出是女友送给男友的，还带着几分缱绻的情意，有龙飞凤舞的“With love”之类的词语为证。但不知这好好的一对情侣是否又吵翻了，连赠书都给扔了嘛！有的题词可看出是长者（一位澳大利亚妇女）送给年轻人（从名字看，该是个中国人）的，她在题词中说自己甚至还认识其父母。她写道，希望他喜爱并经常阅读汇集的名诗。但是既然书已沦落“风尘”，显然赠者这一希望已然落空。我对硬心肠地处理东西的人总是难以原谅。我曾买到过一本日本平山郁夫的画册，上面有这位大画家（也是日中友好协会会长）的亲笔题赠，说是送给一个叫杨 × 的中国人的。我不知道这个杨 × 是谁。有一天，家中来了位将娱乐版看得比较细心的客人，他一见到题词，便说：这姓杨的不正是某部电视连续剧的导演吗！如果这题赠是造假，那还犹有可说。倘若是真的，这位影视界红人的所作所为，未免令人心寒齿冷。

有一天，我见到摊子上有一本书，书的作者（一位女士）我是认识的。此书出版不久，上面题有两行字（题字日期也很近），说是请刘 × 先生指正。这位刘先生我也是知道的，却没料到他在处理“废品”上竟是如此果断迅速，出刀这么犀利。我真不忍心让书的作者知道这件事。好在发表我正在写的这篇拙文的刊物地偏东南，而且是内部刊物，我敢肯定她是不会看到的。

五十周年漫忆

时光荏苒。不知不觉，从我第一天走进筹办中的《译文》(《世界文学》的前身）的办公室，到今天要纪念创刊五十周年，已足足过去半个世纪了。现在，老人一个个离去，我竟是剩下无多的当事人中的一个了。

我 1952 年毕业于复旦大学新闻系，和班上大部分同学一起进了中宣部办的干训班（原名新闻学校，校长是陈翰伯），学习了八个月的马列主义和新闻业务后，被分配到作家协会《人民文学》编辑部（陈涌、严文井都当过我的领导），在“小说组”处理了几个月的来稿。(不消说，都是让我退掉的。因为重要的来稿已先挑出交资深编辑去处理了。）记得还与沈从文的夫人张兆和同事过几个月呢。有一天，作协人事部门通知我去《译文》编辑部报到。在这里，且容我啰唆几句，解释一下为什么作协领导会有调动我这样的“战略部署”。

我从小喜爱文学，特别是外国文学。但又没有考中文系和外文系，因为听说前者得抠训诂、小学之类的“古董”，后者又以培养高级“西崽”为目标——当然，这都是小孩子家的道听途说，绝非事实。我当时的理想是当一名萧乾那样的驻外战地记者——真可惜，第二次世界大战已结束——于是便进了新闻系。进大学之后，特别是读到二年级后，才知道驻外记者可不是随便什么人都能当的，谁拿得准我这个“政治要求不高”的人会不会“叛逃”呢？而那时，文学翻译倒比较“吃香”。译成一本书，要出版好像也不是太难，而且速度快，反正比我今天想出一本书还容易些。于是，我在读选修科目时尽量挑外文系的课，后来大致可以看懂外文小说了，课余还和两位中学同学合作译成并出版了两本书。几年后来到北京，认识了施咸荣。听他说，他在清华时曾与同学起意要撰文投给《翻译通报》批评我们的译文，幸亏他抽不出时间或嫌要批评的对象还不够“典型”，没有落笔。否则我要走的就可能不是现在的这一条路了。附带在这里插上一句：当时的《翻译通报》“左”得可怕，似乎天下只有“联共（布）”的译法才是唯一准则。总之，在被做出“名利思想较重”的思想鉴定的同时，我在班上也算是有了些小名气。我想，这样的“反映”说不定会进入我的档案，其最终结果便是蒙某位领导垂青，把我从作协的一个编辑部调到了另外一个编辑部。

《译文》是1953年7月创刊的。我在这之前的4月间，来到南小街的草厂胡同（此处早已拆除并建起国际大饭店）筹备办刊的编辑部。这里人不多，负责人是陈冰夷，下面的几员大将是萧乾、朱海观、庄寿慈、方土人、张孟恢、杨仲德，还有几个级别低些的编辑与做通联、行政工作的同志。我最初做的也是通联工作，那时处理来稿占了编辑部许多时间，我们是每信必复，每稿（当然，指不用的）必退的，而且大多都要手写回信，说明原因并加以鼓励。信稿拟好都要先交几位“大将”看过。他们认为写得不妥之处便略做修改。于是我就重抄发出。当然，倘有我认为可以考虑的稿件也会写上意见交给上级去审定的。当时和我一起工作的是一位叫何如的先生，四十年代毕业于中央大学，听说（这是后来的事了）是名教授范存忠的得意门生，后来又学了俄语，大概是萧乾介绍来的。他处理事情很熟练，效率很高，但是有些“事务性”，即是不大从文学角度看问题，看来在做行政工作上确实受过训练，有点经验。但我感觉他好像有点没有太受重用。后来，作协搞一次审查干部历史的运动（作动员报告的是刘白羽同志），我才知道他少年时便在国民党的励志社里做练习生，念完中央大学后又回励志社工作。我记得他交代时说，励志社的头头黄仁霖（属宋美龄的“夫人系”）

撤离上海时，叫他对该社在上海衡山路一带的一处产业“乐意饭店”（“Royal Hotel”）“keep an eye on it”（“给我瞅着点儿”）。负责审查他的杨朔当时还在这几个英文字上做了些饶有深意的引申性的解释。我当时负责记录，当然得与这位审查对象划清界限。两人遂不说话，仅仅是杨朔要我通知他去审问，接着便与他一起骑车去杨朔在南小街某条胡同里购下（用《三千里江山》稿费？）的私宅。最后，何如自然遭到厄运。“文革”后，还听说他最后回南京工作的消息。听南京大学外文系的朋友说，范存忠似乎很替他抱屈，但各次运动中恐怕也自身难保吧。我也逐渐为自己有几个月曾冷面对待这位带过我一程的先生而感到抱歉。而我自己，在《译文》亦同样从“练习生”做起，当遍了各个工种，到 1979 年要带研究生了，级别仍为助理编辑（相当于助教），一直到退休前政治上仍不开窍，也居然当了几年主编。那时候比我资格老的人也确实没有了。

前几天忽然接到刘白羽同志的一个电话，问我何处可买到《老人与海》的新译本。说他过去看过《世界文学》上登的朱海观的译文，很喜欢，现在想重读。我告诉了他。他接着说，新近应约写了一篇纪念文章，内中提到，中华人民共和国成立后恢复出《译文》，还是他最初建议的呢。那是在中宣部的一次会议上。他还说，若干年前经过努力，他几乎配齐了全套三十年代鲁迅编的老《译文》。他准备整理出来捐给现代文学馆，让更多的人可以利用。白羽心脏不大好，挺费劲地给我说了这一大篇话，声音有些沙哑。显然他是为新老《译文》与《世界文学》动了感情了。我放下电话后，若有所思，心里竟也泛现出上面所写的若干前尘影事与一些酸甜苦辣。于是趁还未忘记，匆匆记下，丝毫没有总结什么经验教训的意思。

五十周年琐忆

时光荏苒，不知不觉，《译文》(《世界文学》前身）创刊已满五十周年了。从个人角度说，也就是自打年纪轻轻的我跨过草厂胡同《译文》筹备处办公室那道凹陷的木门槛，足足半个世纪已经过去了。那时的情景还历历在目，宛如昨日呢。例如，我一闭上眼睛，就仿佛见到胖胖的庄寿慈先生，穿了件汗背心，坐在窗前办公桌前，时不时拿起一只纱铁丝拍（那种有红布边框的），挥打窗玻璃前乱窜的苍蝇。

我记得是1953年的4月，作家协会领导把我从《人民文学》编辑部调到那里。这之前，我已听说，为了继承鲁迅先生三十年代办《译文》的传统，作协决定恢复《译文》杂志。我从小喜爱外国文学，大学时代还和两位中学同学合作，翻译过一些东西，能到那里工作，自然是非常高兴。当时作协地方不够，借了人民文学出版社设在草厂胡同（后拆除，在那一带盖起了国际饭店）的“鲁迅著译编辑室”的前院，大约有一大间正房、一两间小厢房与耳房，充当《译

在作协大雅宝胡同院内，背景为陈白尘先生居处

文》的办公室。我记得当时的工作人员有：陈冰夷、萧乾、朱海观、庄寿慈、方土人、张孟恢、杨仲德、鲍群、凌山、梅韬、何如、陈九仁，另外还有一位管行政事务的同志。董秋斯编制也在这里，但不上班。茅盾是主编，我记得他来开过会，属于和大家见见面的意思。他穿一身纺绸“短打”，手执折扇，一双尖头黄皮鞋，反正看上去不大像是部长。当然，刊物的编辑方针等有关大事肯定是会征求他的意见，得

到他首肯的。编辑部领导最初较多向他请示，后来好像少一些。我见到过文化部转来的他对读者来信的批复，他也曾起草过不少封以他的名义写给一些外国作家的信。（编辑部还保留有几封。）有一回茅盾先生来参加编委会，他眉飞色舞，大谈《红楼梦》，让大家又有得听，又有得看，最后还有一顿美餐可以享受，真是非常开心。不过，“肃反”“反胡风”“反右”运动后，那样的事很少再出现了。

我到编辑部不久，7月间，创刊号便出版了。开本、封面装帧、版式、插图、动态这几项，都沿用了鲁迅时期老《译文》的风格。但是，在主要内容上则突出了向“老大哥”学习这一点。这也是当时通常的做法，好像是不容置疑的。反正，当时没有听到什么不同的看法。连萧乾在考虑西方文学选题时，也总要打听一下“苏联是否肯定”的意见。

创刊号出版后，编辑部又进了张佩芬、裘士箴、王华岚。再以后，进进出出的人不少，有出于自然原因也有出于非自然原因的。那便不是我所能理清与说清的了。

最初，我被分配到秘书组，从事通联工作，也就是处理投稿与读者来信。后来调到西方组，管印度、澳大利亚、新西兰，也管过希腊、意大利，甚至是北欧、西欧包括法国（我记得还到吴达元家去组过稿），方面杂是杂了些，但是也使自己乘机补补课，扩大点眼界，并且得以体会对不同风格作品可能有的各种不同的译法。更大的好处是有机会与译界前辈直接联系。例如，我经手与周启明（周作人）、傅雷通过信。周先生写给编辑部的信我私藏了几十年，倒留了下来；傅先生的（也同样是用毛笔竖写在红格信笺上的），却因为规规矩矩存档，反而找不到了。在过了好几年之后，我才能比较专心地在美国文学上下些工夫，因此谈不上有多少成绩。但年轻时多做些杂事，倒可以使自己做学问的基础稍稍宽阔些。凡事有所失也必会有所得嘛。我总是这样安慰自己。

印象中有段时间我好像还管过评论。什么都做过一点的好处是对刊物工作了解比较实际、比较全面，对一般读者、投稿者的处境比较能体会，能帮忙就尽量帮忙，例如帮助补购过期刊物或代转给名人的表示仰慕之情的书信这类的小事。而且能对出版刊物的各个程序都多少有些了解，后来自己负点责任时不至于胡乱指挥。我总说自己是“行伍出身”。后来知道三联书店的沈昌文、董秀玉是考校对进入出版社的，经历与我相仿。不过他们成了出版界的佼佼者，我却朝做学问这条路发展，弄得不三不四。

几十年里，也曾遇到几位译者，他们对我说，自己走上文学翻译这条道路还是从《译文》采用了自己的稿子开始的，所以对能够“慧眼识英雄”的编辑表示感激。那位编辑当然不见得就是我。我们当时采用稿件首先从是否符合刊物要求考虑，处理稿件一般都不以个人名义出面。当然，与已经很熟的译者打交道便不假惺惺、故意隐讳了。

现如今，通讯手段发达，特别是电子邮道通畅，这自然方便。但是我发现，与我联系翻译、写作业务的年轻编辑，即使在有求于我，不向我交费咨询什么问题时，也只是拨一个电话。（问得最多的就是谁谁谁的电话怎么改啦？——好像是我让改的——现在的是什么？地址、邮编号码呢？）我当实习编辑、助理编辑时（这个阶段可谓漫漫长矣），领导是很提倡走出去向专家请教的。开始工作不多久，萧乾就带了我，骑着自行车去拜访归国不久的冰心，也访问过入了中国籍的沙博理。后来，我单独拜访过钱锺书、杨绛。（他们那时住中关村平房，客室——实在不好叫客厅——不到顶的隔墙上供着一尊铜佛。我是为选登《吉尔·布拉斯》的事而去的。最后，钱先生说：“还是李同志说得清楚。”杨先生说：“奈没我好白相嘞。”）我拜访过金克木（求他译《云使》，经他太太发了话他才答应的）、赵萝蕤（可惜未见到陈梦家的明代家具）、吴兴华（他的夫人与我握手时仅仅伸出两根手指），我拜访过杨宪益和他太太Gladys。（杨先生对我说“搞翻译不能太老实。”Gladys 从门外进来只听见最后几个字，眉毛一扬问：“干吗要不老实？”）我拜访过王佐良、周珏良。（他们还与我一起挤上一辆 332 路公共汽车，请我在动物园对面商场的广东饭馆里吃过一顿饭。）我还到北京大学东大地 22 号拜访过冯至，当时他还只是我们的社外编委。他对我说，歌德是不好算是浪漫主义诗人的，接着很有权威性地笑一笑。（朱光潜在给刊物写的文章里这样认为。后来想想，他爱怎么说就让他说去，何必那么较真。但那时就非要按一个“正确的”标准统一，真是何苦来。）当时编辑部还未归并到外文所，但文学所的中老年专家，我差不多都拜访过，包括当时还很是风姿绰约的郑敏。北大杨周翰两眼炯炯有神，说的英语却带点苏州腔，按今天说法是“魅力无穷”。当然，我拜访过的专家与实际上是却还未被算作是专家的人远远不止这些，比我年纪轻的我也喜欢直接见见面。我感觉这一来，双方就从物与物的关系变成了活生生、有共同处与不同点的人与人之间的关系。弄文学的总应该对人感兴趣不是？例如，荒芜每次刚交了译稿，便要预支稿费。（我向冯亦代问起此事，冯说：又与老婆吵架。）张友松每次来信，都有编号，而且看得出是用复写纸留有复写件的。以上提到的这些事都值得琢磨琢磨。我有的朋友，就是由译者演变而成的。冯亦代最风光的时候请我上他家去吃过饭；他倒霉时，我仍然约他译稿子。我不懂政治，仅仅是觉得不要那么势利眼。后来我们经常往来，但从不谈政治。我觉得，许多事当面交谈不光能起到解决所需处理的问题的作用，也许会引出另一个选题，也许可以“摸”到某些外国文学界乃至知识界的动向，至少可以从一个不同岗位的人那里多少学到一些东西。而且，专家们也很想通过我们“打听”点文艺界的消息呀，比如说作协最近又要批判谁了。我想，最重要的是通过与专家接触，年轻人得以“一亲芳泽”，直接体验有学问、有性格特点的人的风采。这对我们更好地做学问、为人，总能潜移默化起到些作用。

当时办刊物有政治环境与时代背景，现在的人应该理解，拿现在的情况来要求显然是不恰当的。即使在那时，《译文》在同人与译界朋友的辛勤耕耘下，还是做出了不少贡献。但是回想起来，未始不可以做得更好一些。比方说，在没有明确规定的情况下，不一定非要与国际政治、文艺界斗争贴得那么紧，更没必要显示自己是冲在最前面的。如：批胡风时，刊物跟进批满涛。后来证明，当时的俄文译者中，满涛的中文底子最为深厚。但是，应该做总结工作与做得好的哪能是我这样的人呢，这里就不说了。到80年代后期自己负了一点责任之后，我总想记住以往的经验与教训，力图根据外国文学的实际情况和特点做外国介绍、评论工作。而那时总的形势，也允许与要求这样做了。至于个人实际上做得怎样，就得由别人来评说了。也许不少人会觉得“一代不如一代”吧，说实话，我自己也有同感，至少在某些方面确实是如此。比方说，至今尚未出现傅雷、朱生豪这样中文修养过人的译家。我看，恐怕是再也不会出现了。

我的“静轩”

“静轩”是一幅拓片，两个大字为隶书，后面三行小字：“板桥郑燮书于淮署”，又恢复为他的“板桥体”了。这拓片是若干年前从琉璃厂淘回来的，让我装入紫檀木镜框，挂在书桌左上方的墙上，姑且借来充当自己的“轩名”。书桌是酸枝木的，很大。当初（说起来是40年前的事了）花400元高价从隆福寺拉回来的。有一阵，这也是餐桌兼小儿的课桌。现在，除了老妻偶尔要在上面折叠晾干的衣服外，已经是“专物专用”，名正言顺地成为我的写字桌与电脑桌了。编《万象》的陆灏的一句“金克木八十岁还学会了电脑”刺激了我，编《环球时报》的周晓苹的不断撺掇成全了我。何况家中还有儿子这样一个比马俊仁脾气小得多的教练呢。

我的书房看着很大，不过某幅照片未收进处放有饭桌，右方还放有电视机，因此这里也是餐厅、客厅与起坐间。好在自从生过一场大病之后，我晚上已不工作。来客极少，看电视（或DVD）的人里也有我一个。因此，谈不到受打扰的问题。

说起来还得感谢当今的务实政策，它使我们能在前年夏天贴了一些钱买下现在比较宽敞的居所，使我这病后之身，得以在搬家后效率不算低地译成两本书，写成一部《福克纳画传》，还涂鸦出几篇小文章。这里离有名的潘家园旧货市场极近，周日可以去淘淘古董（这方面经常要打眼）与旧书（这上头，老板您可就蒙不了老朽了）。用两三元一本的代价，我差不多配齐了英国“侦探小说女王”P.D.James 的 *Dalgliesh* 系列。而不久前，我为译林出版社译的一本伯内特的《小公主》，原书也得自这里的地摊。

在这个书房里，我不紧不慢、不慌不忙，笃悠悠每天做上几小时喜欢做的工作，一边听听包括郎朗、李云迪新录制的 CD（来路欠正，请工商部门多多包涵）。有时会蹬上旧自行车，去买点菜，买点鲜花与水果，哄家里那位“伊丽莎白三世”的欢心。见到那位笑容满面（雀斑也满面）卖茶叶的南方人女摊主，就跟她聊聊新“龙井”何时能到货。倘若这一天，还收到了自己新作、新译的样书，那就是个大喜的吉庆日子了。我会快活得像只“大牛虻”，像位“快乐的战士”（华兹华斯语），即便调我去当广东省或海南省省长，我都不干。这里歪用了“南面王”的意思，还得敬请各位高明原谅呢。

挽弓当挽强

古人说得好：挽弓当挽强，擒贼先擒王。这句话用在读书上也是完全正确的。人生苦短，即使是青灯黄卷，不休不眠，直到老眼昏花，脑袋贴近一张大字版《参考消息》，再借着放大镜的帮助，半天还看不完一版，一个人一生能够读完的书，恐怕也只能是为数不多的几千本而已。我自己眼睛虽然勉强可用，但阅读速度已大不如前。有时，看到家中几架子书中，竟有一些还是中学时代省下可怜巴巴的几文零用钱买下的，至今仍未轮到一读，心想有负于这些书呀。此时，不禁会有点伤感。现如今，看到好书，想买，却要踌躇一番了。买书的钱倒是不缺了，可是我能抽出时间读它们吗？来到我的手中，它们会不会像近六十年前买下的那些一样，同样遭到受冷落的命运呢？

但是，书还是要买还是要读，哪怕是仅仅为了充实自己，做一个有完整意义的人。那么，解决的办法只有一个：读经典名著。这里的经典，不仅仅指古典名作，也包括写成未久，地位却已确立的好书。究竟该读哪些书，那就要从每个人的情况与需要出发选择了。有人极力主张不读译本。当然，拙劣的翻译是一种阻隔而不是媒介，能从原文读最好不过。不过，凡事都得从实际出发。一个人外语能力再强，也不可能每一种外语的书都通过原文来读。（懂俄语的朋友最得意的一件事就是：钱锺书先生至少是不懂俄语，有些书他也得通过中译本来看。而钱先生本人倒也不以此为耻。有些俄语文艺理论的书他几十年前就从英法译本读过了。）因此，接下来就有一个通过名译本——或者说尽可能通过或者说通过大致算得上是名译的译本——读名著的问题。

在这里，我想借《中华读书报》一点版面为一百年以来的中国翻译家说句公道话。依愚之见，他们不仅仅如公众已能承认的那样，在介绍、引进了别样的文化上做出了贡献，而且在使汉语成为一种能以现代思维方式表现现代生活与思维的现代语言上，起了巨大的作用。他们拓展了语言的表现能力，也使之所指不再含混，词语之间的相互关系也更加精确。歌德很早就说过："每一个翻译家也就是他本民族里的一位先知。"恕我狂妄，还想斗胆在"先知"后面加上"语言大师"四字。自然不是说每一个中国翻译家都是先知兼语言大师。至少，对其中最优秀的代表人物，或者说作为一个整体，说他们起着这样的作用，应该不是夸大其词吧。

最后，还想从做了几十年翻译工作的过来人的角度，对“挽弓当挽强”这句话，做些引申性的却非华彩乐段式的即兴发挥。（华彩乐段，在乐器演奏中，该叫“cadenza”吧？）我认为，每一个有抱负的译者，在自己的一生中，都应该译一些名著，哪怕仅仅一部。也许，自觉功力还有些不逮；也许，其结果是时间、经济上均得不偿失；也许，还会引来些闲言碎语。不过，人还是应该超越自我的局限，奋力一搏的呀。俗人一辈子里也得做出件把不俗之举吧。译名著艰难费力，但是也过瘾，有发挥的余地，它能调动一个人的各种潜能，做一次“tour de force”（精彩表演）。说不定你会从几十年前不经意观察到的某个形象，听到的某句精彩言辞，看到的书中连某个发音都不能肯定的词组那里，得到启发，找到你认为是非此莫属的最最恰当的译法。这几个字，在中文里甚至比原文里的更有神韵，这更是可遇而不可求的“创造性的劳动”了。此时，小人物般一向卑躬屈膝的你、形象委琐从不引人注意的你，顿时气势如虹，昂首而立，成为一个伟岸的大英雄、一个睥睨四海傲对八荒的征服者。此刻，你在历史这本大书上也许仅仅是写下了一竖或是一画，但是，你的精神、你的灵魂得到了升华。在你耳边，响起了万众欢腾的《欢乐颂》大合唱。

买书琐记

尽管老是提醒自己能看书的年头不多了，视力也确实是越来越不济了。但就像有瘾似的，有时还是忍不住要买上几本书。在买书时，也会遇到些值得一说的事。比方说，最近遇到的这一桩。

几年前，我一家从紫竹院搬到南城。北京人都说“东城富，西城贵，北城贫，南城贱”。天坛根一带原本都是龙须沟那样的贫民窟，天桥更是穷哥们的消闲去处。我家所在的劲松地区论大方位，是在天坛与龙潭湖的东边。脱不开一个“贱”字。据说，劲松的地名还是由“架松”发展而来的。而“架松”一地，则是顺治皇帝的哥哥、多尔衮的死对头豪格埋葬之处。此处最初自然是有坟茔、松林什么的。我刚搬来时也曾去那里访古。还残留着几椽稍稍高大些的古建筑，现已住满居民，想必原来是坟墓的附属建筑。古松树则是连一棵的影子都没有了。说了以上这一大篇，无非是强调指出，左安门一带没有什么古迹，没有高等院校，连大一些的书店都是没有的。

劲松西南不远，是一处叫方庄的新区。那里街道、楼宇都比较整齐。也开设了几家书店，但是其中只有一家私营书店品位较高。我因为在此处买过《剑桥插图音乐指南》等书，书价超过一百元，故此领到一张“会员证”，可以享受八五折优待。前些时，见到报刊上老是推荐《话说中国》，便忍不住想去那儿看看。我拿准了这套书只有那家才会有。

到了那边，果然有书。我虽然没有让女店员打开纸箱一本本展示给我看，却已经喜欢上了它总的设想与做法。一问价钱，要一千一百元。我因为怕丢钱，且不会买贵重物品，身上一般只放四五百元，买这套书当然不够。我忽然忆起，少年时在旧书店买书是可以让伙计送书上门再行收费的，便大着胆子问，能不能请店里的人跟我上家里去取钱。支应门面的那个外来妹自然是无法做主。这时，在钱柜上坐着的一位先生开口了，他说，店里是有送书上门的服务项目的，又问我何时在家。我说什么时候送书来家里都会有人。他想了想说，您若现在回家我开车带上书送您回去如何。我说我是骑车来的，汽车里可放得下。他没料到这老头还能骑车，便说，汽车里怕是放不下。于是又考虑还有什么旁的做法。这时我说，我骑车，你开车跟着我，这样不行吗。他说那当然可以。于是又问我的地址，他听后说，这地方他知道，不就是李慎之先生住的那个楼吗。于是他将一箱书抱起，下楼去开他那辆切诺基。我则取了自行车骑在他的右前方。在偏僻的路上一切都很顺利，但是来到二环路时，就有后面的汽车嫌他走得慢碍事了，冲着他连连揌喇叭。那意思显然是不会开车，上别处练去呀。这对开车人来说便是莫大的侮辱了，这我懂。于是便拿出一个七五老叟、廿四（英寸）轱辘所能达到的最高速度，玩命蹬车。他则时时在车窗里挤眉弄眼，做出“不用着急”的表情。逢到要拐弯时，我会提前打手势让他领会。遇到他堵车时，我便在前面不远他能看到的关键地方停下，免得他的车超过了我。倘若那样，那就很可能谁也找不到谁了。

方庄离我家不算远，二十分钟也就到了。他又从车上抱起那箱书，登上电梯送到我家。我请他进来歇上一会儿，喝一杯茶。于是我们聊了几句。他一上来先对我骑自行车的技术与反应的灵敏度表示了惊奇，说他父亲只有六十八岁却不如我灵活。我还听他说是因为爱书才想起开书店的。他父亲虽然也爱看书，但是从不借他店里的书看，想来是怕弄脏了书影响儿子的生意吧。书店的房子他已买下，不过还在分期付款。问起书店生意如何，够不够开销时，他含糊地答道，大致差不多吧。他那家书店开设在二楼，一般的中学生和逛街的怕是不会专门上去的。不过，他说，他那里也不进他们爱看的那种花花哨哨的东西。这一带住有不少离退休干部，有一位以前还当过内蒙古自治区的宣传部长。看来这些人是他固定的主顾群了。反正，一个人有一个人的活法。他既然觉得这样活得自在滋润，我又何必"替古人担忧"，生怕他发不了财呢。

五十多年前，将书驮在后架给我送书的是骑自行车的小伙计。今天，给我送书的却是开切诺基、留"板寸"头的青年老板（他说他不小了，都三十九了）。我老了，时代也确实变了。

"翻译家是半个先知"

不少朋友谈起当今翻译界一些不如人意的现象时，都会摇头叹气，并且不由得要缅怀往昔的盛况与种种光辉业绩。好的成绩自然应该肯定，优秀传统也是应该得到继承与发扬的。但是，不妨站得高些，换个角度看待今日的译界状况。

我们可以思考一下，改革开放之前，出版外国文史类译著的渠道是不是越走越狭窄（只有极少的几家出版社有权出书），选题是不是越来越单一化（常常是花几年工夫制定一个规划，而包括的种类却有很大的局限性），当时，有志于文史翻译的青年想进入译界，是不是也比现在要困难得多。

与那时相比，现在的局面无疑要宽松、灵活多了。先不说品种、印数上的大量增加，连不少过去被视为"异端"的思潮、"另类"的文学流派，也都能堂而皇之地引进，还出现了较为合规范、严谨甚至称得上精彩的译文。对这些来之不易的成绩，我们倒是应该倍加珍惜，并努力加以巩固与发扬呢。

大家经常谈起的问题之一是外国文学经典作品重复翻译

过多，其中还包括明目张胆或比较隐蔽的抄袭与剽窃。对这个现象，我个人倒并不过于感到忧虑。从这一现象中还可以看到另外的一面，是不是可以认为，在这一波又一波的复译浪潮中，毕竟还是出现了一些佳译，它们在紧扣原文、力求译文精确严谨，以及所用语言的更新与现代化的方面，在显示出有个性的译法的方面，在显示对原作的研究深度上，都能有所前进。对于复译这一做法，本来就不宜一概否定。

即以傅雷先生的精美译文而言，在他的之前，已有巴尔扎克作品多种中译本出现过。就我所记得的就有穆木天先生与高名凯先生的两种。由此看来，傅雷译本也是一种复译本了。诸种译本并存了一段时间之后，优胜劣败的自然淘汰法则以最最雄辩的方式，对孰是孰非、孰优孰劣的问题做出了回答。以此一例子为依据，我相信若干年之后，浮渣式的译本定会漂散或沉没，留下一个少数较好译本、诸峰并存的局面，这说不定还能算是世界译坛上的一片好景色呢。

其实滥译、乱译这方面的问题要得到解决，并不像想象中那么困难。除了译者们要严以自律外，只要出版社方面，为了顾全自己的声誉，审稿签约上是把紧关口的；书店方面又是不完全唯利是图，光看中折扣大、回扣多的书源；而买书的读者则眼界有所提高，不为价格最廉、装帧最为花哨的货品所打动；被剽窃的译者又能据理、据法挺身出来力争，那么，问题应该是可以得到控制的吧。

总之，对于翻译界方面的问题，我的看法是：问题不少，但成绩更大更多。今后最应认真做的还是注意吸收、培养新一代的翻译家。青年中倾心于翻译工作、甘愿为这一事业而献身的人，应该还是有的，因为翻译不仅趣味无穷，而且是一项神圣的事业。

翻译的确是一项神圣的事业。它至少在下列几个方面促进人类的进步。它给读者提供了精神食粮，它为作者提供了创作的营养，它使译作的语言变得更加完美，使那里的思维方式变得更为精确复杂，还能让诸种文化相互熟悉、相互吸收，为世界大同打下精神上的基础。用智者歌德的话来说，从某种意义上看，在一个民族里，翻译家能算得上是半个先知呢。

我的八十大寿

岁月荏苒，今年十二月某日，我的八十“大寿”终于来到。由于兄妹们远在异国或外地，老友们都已体衰有病，不宜惊动，所以便决心低调度过，平平安安便是至福。中午仅仅是坐五元钱的黑摩的，与老妻到附近的Pizza Hut，吃了顿不太油腻也还咬得动的午餐，包括咖啡、甜品，连一百元都不到。我想必定是店里的收银机出故障了。单位里照例由办公室副主任级的领导送来寿字蛋糕，以及老干部局发的礼金，数目不便明说免得让社科院领导不好意思。几天后的一个星期六，儿子难得遇上无需加班，又驾车带我们去老字号湖南菜馆“曲园”吃了有名的“剁椒鱼头”。我心想，这次生日已经过得够丰富的了。人老了，自然要渐渐淡出江湖，人得知足才是。

但是没想到还有人一连为我举办了两次规模宏大的庆祝活动——这当然是我一厢情愿的私密想法，对方绝无此意。一次是南京译林出版社来外文所举办与《世界文学》有关的儿部新书的发布会，使我得以见到了多位老友新朋——包括我当面奉承为“生平所见过最最漂亮的女社长”，但这确是实话实说，虽然我已记不起她的芳名了。会后少不了在近处的一家南方菜馆聚餐，我又吃到久别重逢的“菜泡饭”和“生煎馒头”，觉得味道与儿时记忆相差甚远。不过有这样的感觉，也是人之常情。

第二次规模更大，是在王府井的东方君悦大酒店。（在大堂坐下来要一杯矿泉水即需50元。）此前《南方人物周刊》有记者采访过我，文章里把我吹嘘了一番。不久后，该刊与雪佛兰通用集团合作，评出50位“2010年中国魅力人物”，老朽居然忝列其中，还被冠上“先知之魅”的雅号。承主办方看得起，中午前就派车来接，参加了主办方领导（都说读过我译的书）、著名主持人与重要来宾（大概就是资中筠、华天与我们夫妇）出席的宴席。这华天是位21岁的马术师，参加过奥运会马术比赛，刚坐了八小时的飞机特地从伦敦赶回来。给我留下深刻印象的是那位代表雪佛兰通用集团的华人，一位身材颀长、一身深色套服、蓄短发穿高统皮靴的女士。她使我体会到什么才是不显奢华的气质高雅。那位专门请来的男主持人席间更是妙语不断，天下事几乎无所不知，英语亦极流畅。后来听说他也是我的母校出身，有点名气，还曾得过国际辩论比赛的冠军，复旦大学真是“今非昔比”了。说到母校，坐在台下我右侧前排的叶檀，现已成为有影响的财经评论家，原来是复旦历史系出身，能算是我的小师妹了。可惜我手头少有资金，不然倒可套近乎偷学点“秘笈”发上笔小财。坐在我左侧的，则是潘晓婷，我在电视上见到她冷静出击花式九球的英姿。她像比赛时那样目不斜视，一言不发，显然惟恐有人夸她为美女。我很识相而且是有自尊心的，再说一把年纪，哪里还有心思去做这等的事。

我从未出席过颁奖的仪式，真像是刘姥姥进了大观园。想不到还得提前去后台，一等灯光大亮，音乐狂作，背景画幕由两青年左右拉开，让我踩在一只转出来的铁皮箱上，然后高抬鄙腿，像条卡夫卡笔下的甲壳虫似的钻出黑洞，费力登上舞台。这点困难对于同期领奖的大汉姜武自然就不在话下了。在接受奖品后，两位礼仪小姐帮我拿住礼物，把一只话筒塞进我手中。主持人宣布“现在由某某先生发言”。下面自会有些人礼貌性地拍了拍掌。

好在我是第 37 个出场的，已多少有了些思想准备。于是便对着话筒说开了：

“诸君，你们鼓掌，应该不是为了我，而是为了像玄奘那样的前辈大翻译家。一千三百年前，法师远赴天竺，在异域滞留十七年后，身背佛经，经历种种艰难险阻，一步一步地穿行西域，回到中土。然后在寺庙里组织了一个‘翻译班子’，旷日持久，译出了一部又一部的佛经，带给国人一种别样的思维方式，丰富了我们的精神生活，以及语言表达方式，像‘如是我闻’‘恒河沙数’等接近白话的语言。古代像他这样的翻译大师，还有鸠摩罗什与真谛。

“我确实是译过一些大作家的作品。他们之中有Jane Austen、A.A.Milne、T.S.Eliot、William Faulkner、Carson McCullers、J.D.Salinger、Alice Munro, 等等。如果你们读了作品觉得精彩，那是因为他们写得好。倘若觉得有点别扭，那必定是因为我译得还不够形神兼备。

“我的第一部译作是大学四年级时出版的，至今已近六十年。以后倘若遇到合适的原作，尽管我已老眼昏花，精神差了，但还是乐于承接，因为能工作便是一种幸福。在《圣经·新约》里，耶稣也说：‘施比受更为有福。’”

说完后，掌声比方才响了一些，我走下台，回到自己座位上。后来上台的还有朱军、扬之水、吴秀波等人。最后一位应该是王治郅，不料上台代表领奖的却是一位瘦瘦小小的女子。反差很大，让人感到意外。梁从诚不久前去世，是由夫人方晶代领的。周有光年已过百，由他的公子（也是位老者了）代领。

会后还有正式晚宴，我怕累着自己，就不参加了。出门时遇见扬之水，我注意到她蓄短发仍如小男孩，这回倒未多少年如一日地穿军绿球鞋，但脚上那双旅游鞋大概不会超过一百元。我虽然未打领带，却也西装革履了一番。比起她来，只能算是俗物了。听说她晨四时许即起工作，令我敬佩不已。回到家中，我与老妻兴奋了半天，真正感到我的生日已经“做”足“做”够，“蛋糕”做得够大。毕竟还有一些人记得我，使我觉得，几十年来所受的苦并未白熬呀。（“苦熬”是福克纳颇爱用的一个词，原文是“endure”。）

我这一辈子

承漓江出版社厚爱，愿意出版一部本人的译文集，对此我一方面深表感激，但同时不免愧疚有加，因为在中国，比我优秀、高明与勤奋的译家大有人在。不过对我自己来说，能有机会将自己六十年来的翻译历程做番整理，找出些经验教训，也未免不是一件好事，因此就恭敬不如从命了。这样的一本书，前面似乎总应该有一篇介绍性的文章，那就且让我顺着记忆小溪的流淌，简单说上几句吧。

本人祖籍广东中山，出生地则是上海。偶然在地摊上买到一本 1996 年出版的《中山文艺家名典》，里面的条目收有与我同在外国文学所工作过的老乡郑克鲁先生的信息，却没有我。想必是他后来上别处去高就，成绩斐然，影响巨大，收入他是理所应该的。我做助理编辑（比助教还要低一等）一直做到改革开放，仅仅是译过写过几本书，乡里没注意到我是理所当然的。近年新发的二代户口本上标明我的出生地是上海。我的确是在上海出生长大，念完大学后才北上的。

但多年来从未在新闻界工作。也许正因如此，不论是上海的外国文学界与母校的新闻系（现在是“学院”了）都未将我视为嫡系子弟兵，不免使我感到有点像个“没有影子的人”。以上闲话，不过是正文前的信口胡诌，看官看过，一笑便可。

至于我的生辰，家母曾在一封信中明确告诉我，“汝于庚午（1930）年十月十九日子时（十一时三刻）出生”。后来我将此事写入一本小书，出版后寄了一册给杨绛先生。不料她老人家还真的抽空翻看了，并特地电召我与妻子前去她家，一本正经地向我们指出：既已是子时，那便不能视作十九日了，而应算是下一天亦即二十日出生，也就是说，生日是与钱锺书先生在同一天，只不过是比他晚了二十年。我得知后自然感到很荣耀，但是心知单凭生日同天这一点，是绝无可能在资质或成就方面，沾到前辈大学者的一丝光彩的。

我的父亲是上海英商洋行的一个职员。抗战时期租界沦陷后，失业在家，一时无事可做，便找了本商务印书馆出版的《青鸟》（比利时梅特林克所作的儿童剧）英译注释本，在暑期给我补习英语。也许正是因为这个机遇，使我从此对外语和外国文学有兴趣，日后走上了文学翻译之路。抗战胜利后，凶神恶煞般的日本兵（上海弄堂小孩均蔑称之“小萝卜头”）不见了，街头出现了吉普车上举着酒瓶唿哨吆喝的美国水兵，电影院里也开始上映好莱坞电影。这应该是我对美国文化的最初接触了。记得我当时最崇拜的不是什么美艳女明星，而是一位叫亨弗莱·鲍嘉的硬派男星，他总是嘴角叼着根烟，说话从不张口，让我心仪不止。而《飘》里饰演白瑞德的演员克拉克·盖博从沙发背后爬起身的那个反讽镜头，也给我留下深刻印象。想不到四十年后自己翻译福克纳的著作时，还能从记忆深处挖掘到一些该片所反映的美国南北战争的情景。当时路边地摊上有的是过期的美国杂志，价钱便宜，我哥哥买了不少。我有空也时常翻看。同班同学中，有一两个英文成绩较好的同学，会从美国旧刊物中选译些短文，投寄给报刊，常被采用。我看了学样，也编译了一些电影资料投寄给某家晚报，居然也登出来了，给我赚到几个够吃花生米的小钱。这些豆腐干大的“报屁股”文章也算是我最早发表的译作了。不久，上海解放，涌现出一批私营出版社，纷纷译介苏联、东欧以及其他国家的进步文学。我与同学蔡慧、陈松雪合译了美国作家霍华德·法斯特的两部历史小说《最后的边疆》与《没有被征服的人》，投出后竟也分别蒙新文艺出版社与平明出版社接受出版。第一本出版于 1952 年，当时我仍是复旦新闻系的一个学生。另一本则于 1953 年出版，当时我已进了《译文》编辑部。

与最早的文学翻译合作者蔡慧合影

说不定与这样的“课余作业”有关，大学毕业并从中宣部办的一个学习班结业后，同学们纷纷被分配到新闻宣传单位，我却进了中国作家协会的《人民文学》编辑部。不久决定要创办《译文》杂志，我又被调到同属作协的该编辑部工作。《译文》创刊号是1953年7月出版的。我则是4月间就到了编辑部，现在随着真正筹办刊物的老先生陆续离世，我竟成为存世的唯一“元老”了。

我在该刊（后改称《世界文学》）做足四十年，直到1993年以主编身份办完“创刊四十周年纪念会”后，才得以退休。最初的二十多年，我们“年轻人”素以处理杂务与下放劳动、参加各种名目的运动为主，个人业余从事翻译是不受鼓励，甚至要受批评的。记得直到1959年我才由人民文学出版社出版了一本薄薄的由我提出选题，自己仅承译半本的《加兰短篇小说选》(与常健——即老翻译家张友松——合译，我还不敢一人独译呢)。此外，承老编辑朱海观、庄寿慈、萧乾、邹荻帆、陈敬容等人的宽容优待，也让我得有机会在刊物上发表了一些译作，特别是一些少有人供稿的小国家的作品。(我将其中的几篇收入本文集，不然怕是真的要湮灭了)。稍后，文坛气氛愈益紧张。小编辑得以发表译作的机会更少了。幸亏当时高层领导决定为了“反帝反修”需选译一些“毒草”内部发行，这倒使“年轻人”有了一些做文学翻译的机会。像卡夫卡的《变形记》等作品便是当时我提出的选题，自己翻译了五个中短篇，在1966年由上海译文出版社以《审判及其他》为书名出版的。我记得亦曾与施咸荣、黄雨石、刘慧琴、何如等人合作，节译出版了“垮掉的一代”的代表作《在路上》。有一点须得说明，当时自己翻译的机会虽然不多，但是做外国文学编辑工作本身对小编辑也是一种学习。它使我什么都懂得一点，也知道什么叫高质量的精品，而且还有机会与周作人、傅雷、杨绛、丽尼、王佐良、周珏良、吴兴华等老前辈接触，他们的来信较早时还是用毛笔书写的，保存至今都是可以上拍的墨宝了。而编辑部老先生们的耳提面命甚至训斥批评——刚从作协调来不久，还专为我开过一次批判会。现在想来，也能算是不交学费的特殊讲授了。

应该说，我在文学翻译方面所得到的主要成绩，还是在 20 世纪 80 年代以后才取得的。随着国家整体形势的改变，不论是外国文学出版的宽松度方面还是读者的需要方面，都起了巨大的变化。现在想想，最初应袁可嘉等人之约，为《外国现代派作品选》翻译福克纳的《喧哗与骚动》的一个部分，也可算是改革开放浪潮推及外国文学翻译的一个微澜了。这件事告一段落并受到注意后，我便像身不由己，跟着大潮往前漂流了。

在正式翻译福克纳的作品之前，我先编译过一本《福克纳评论集》，收集了美、英、法、苏等国知名批评家的论文与有关资料。在前言中我写道："从许多方面看，他（指福克纳）都是一个独树一帜的作家。他的题材、构思的独创性以及他的特殊的艺术风格使他在瞬息万变的西方文学潮流中，像一块屹立不动的孤独的礁石。"这句话直到现在似乎仍未过时，因为我还时常见到有人在写文章时援引。这本评论集出版于 1980 年。

评论集出版后，我更加觉得如再不完整译介福克纳的作品，未免“贻人以本末倒置之讥”，于是便将其他几个部分译出，后又根据美国1987年新出的“校勘本”从头至尾校改一遍，交出版社改排出版。

除了将《喧哗与骚动》译成出版，我还曾应漓江出版社之约，编过一本“诺贝尔奖”版的《我弥留之际》，内中除收入福克纳的这部作品外，还有他的《没有被征服的》（王义国译）、《巴黎评论》对他的访问记，以及法国学者米·格里赛所编写的《福克纳年表》等重要资料，我在书前写了一篇较长文章《一个自己的天地》，据莫言说，他即是通过拙文悟知，既然福克纳能通过自己家乡那枚“小小的邮票”，生发出一个“自己的天地”，那么他也大可经由老家高密大栏乡，创造出“自己的文学共和国”。

接下去我又译出了福克纳的《去吧，摩西》《押沙龙，押沙龙！》《福克纳随笔》《大森林》等作品。遇到的困难与挣扎时的苦况这里就不一一细说了，我只想指出一点：我特别注意收集与介绍福克纳的随笔、书信，以及别人回忆与评论他的资料。这个做法我是从老前辈汝龙先生那里学来的。他五十年代初在平明出版社，每出一本契诃夫小说集，都要附上一些有关资料。后来他又学会俄文，穷毕生之力，译出几乎契诃夫的全部作品，似乎还出了一本其他人论契诃夫的文集，这样的精心呈献使我深感钦佩。2000 年我得了一场大病，之前刚写完一本《福克纳评传》，记得住病房时还通过电话与浙江文艺出版社的王雯雯女士核对校样，当时的窘状，仿佛犹在目前。身体稍好后，我又贾余勇给新世界出版社编写了一本《福克纳画传》（2003），增加了“艺术成就”“语言艺术”“走进中国”等章节，并插入百余幅插图。2008 年，我翻译与编译的《福克纳随笔》与《福克纳的神话》在延搁数年后终于出版。后来又给人民文学出版社连写带译，出了一本《威廉·福克纳》，内收有继承美国“南方文学”传统的女作家尤多拉·韦尔蒂纪念福克纳的演说。可以说，这又是学习与继承汝龙老先生传统的结果。

到现在，福克纳还有几部长篇尚未有中译本。这项工程太艰巨，实非年已老迈的我所能承担，所以倘然能够有新生力量自告奋勇参加到翻译福作的队伍里来，我当然乐见其成。不过，让我感到高兴的是，目前已有多位高校老师撰写出或正在写有关福克纳，甚至其作品翻译问题的研究专著，深度远远超过我，使我钦佩。除了福克纳，我对美国南方文学其他作家也很有亲近感，曾译过生平与作品都有点怪异的女作家卡森·麦卡勒斯的中短篇小说集《伤心咖啡馆之歌》（2007 年结成集子出版），据说还颇受我国中青年作家的青睐。年轻人爱读老友施咸荣译的塞林格的《麦田里的守望者》，出版社约我译了他“次优秀”作品《九故事》。不久前，塞林格去世。他其他作品写得太怪异，太钻牛角尖，都让人难以卒读了。

我病后身体稍稍好转，又不禁手痒，便开始译一些另一个路子的作品。如英国闺秀作家简·奥斯丁的代表作《爱玛》，英国儿童文学作家A.A.米尔恩的《小熊维尼阿噗》等童书，以及弗·霍·伯内特夫人所作的《小爵爷》《小公主》《秘密花园》等。译这些作品适宜我休养身心，也让我重温年轻时曾接触的租界社会的英国气派。其实我病后译出的第一部书还是美国前总统里根太太收集的情书集《我爱你，罗尼：罗纳德·里根致南希·里根的信》。我觉得西方政治家能写出这样对夫人感情矢志不移的书实在难得，何况内中又谈到阿尔茨海默病，目前已成为进入老年社会的中国的关注点。我最近比较满意的译作有加拿大著名女作家艾丽丝·门罗的《逃离》（本文集中收入了她另一个中篇小说《熊从山那边来》）、托马斯·艾略特的诗剧《大教堂凶杀案》（我认为自己注意到原作内在的音韵），以及复译的海明威的《老人与海》（作品里大海的涛声有如巴赫的《赋格曲》）与《忆巴黎》（时不时能闻到那里街上面包店飘出的香味）。我这样做，有点像是个盼能拓宽自己戏路的老演员。说实在的，我不太甘心让自己，说得难听些，成为一位大作家的“跟包”或是“马仔”。如果我是演员，我但愿自己是一个具有特性与独立品格的演员。如果我是音乐演奏家，我一定努力使自己能具有个人的演绎方式。我特别欣赏加拿大钢琴演奏家格伦·古尔德（Glenn Gould）的气派。他弹奏的巴赫的《哥德堡变奏曲》极富个人特色，简直能令人心驰神往。他宁愿安静地在录音室中随心所欲地工作，而不爱在音乐厅里抛头露面，享受众多观众的大声喝彩。莫里哀是位伟大的戏剧作家，但又是极具演绎能力、有创造性的演员。他坚持带病演出，当天晚上回到家里就咯血而亡。对于这样为艺术献出生命的态度，我始终怀着一种“虽不能至，然心向往之”的崇敬感情。

为了力争自己翻译工作上的多方面性。我在译小说之外也译过好几百首诗歌以及一些美丽的散文。这部集子里也选收了一些。选登了《爱玛》的一章，因为这是我与老友蔡慧合作译成的最后的一本书（此处发表的属于我译的前半部）。他已于几年前离世。他为读者贡献了许多优秀译作，自己始终单身，没有享受到家室的温暖。我祈愿在“那边”，他能不再那么落落寡合，生活得更加热闹欢欣。在我看来，他倒是真有几分格伦·古尔德的气质呢。

2012年重阳节后一日

百遍思君绕室行

——追忆钱锺书、杨绛夫妇六十年往事

5月25日凌晨，我们所熟知的杨绛先生离开了我们，去了天国，与丈夫锺书、爱女钱瑗团聚了。用杨先生的话说，就是“回家”了。在《我们仨》里，她早就豁达地告诉我们：人的生命终结，正有如一次旅程走到尽头，也就是说旅人回到了家。是的，我们世界上的每一个人，无不都是在“万物之逆旅”中稍作盘桓，然后终究要回到自己的老家，去和我们先行的亲爱者长相厮守。

我和妻子张佩芬都算是杨先生所说的外文所的“年轻人”，与钱锺书、杨绛伉俪有逾半个世纪的交往和接触。正因为如此，2010年我们才会接到杨先生的电话，嘱写纪念钱先生百年诞辰的文章。如今，她那带无锡口音的温软话语还在我和佩芬的耳边回响。“萧然四壁埃尘绣，百遍思君绕室行”（《昆明舍馆作》），钱先生当年在西南联大写下的这首思念妻女的诗作，正好表达了我们对钱杨二位先生的怀念之情。

菜鸟编辑组稿记

1952年，我从上海复旦大学新闻系毕业，被分配到北京。在中宣部干部培训班培训了几个月之后，即入职刚创刊的《译文》(《世界文学》的前身，1953年创刊）编辑部。由于工作关系，我常去中关村北大平房教员宿舍组稿，钱家（当时的住房条件不好称“钱府”）也在那里，因而与钱杨二位先生结缘。记得第一次与钱先生打交道，他就这么表扬我:“还是李同志比上次来的那位说得清楚。”

不久,《译文》编辑部宴请编委与名人，钱先生也在列。饭后下楼梯时我对他说，喜欢他的《围城》。他似乎有些感到意外，因为此书早已不出版了。之后每次遇到钱先生，他都会和我聊上一阵，用佩芬的话说，我也算是钱先生“调侃或交流思想的对象”。

后来我听说杨先生在译《吉尔・布拉斯》(世界著名的流浪汉小说，为法国作家阿兰－列内・勒萨日所作），便上钱家登门拜访，央求二位先生将译稿给《译文》先发一部分。我如愿以偿,《吉尔・布拉斯》于1954年1月起在《译文》分期发表。

据说杨先生译这本书还是因钱先生而起。那时钱先生每天拿着一本法文书给女儿钱瑗讲故事，而这本书正好就是《吉尔·布拉斯》。女儿听得津津有味，杨先生想，这一定是一本有趣的书（她不知钱先生完全是随题创造，即兴发挥）。正好她刚译完《小癞子》，不想荒废了法文，于是就开始译《吉尔·布拉斯》。在《关于〈吉尔·布拉斯〉与〈堂吉诃德〉》一文中，杨先生云："我求锺书为我校对一遍，他答应了。他拿了一支铅笔，使劲在我稿纸上打杠子。我急得求他轻点轻点，划破了纸我得重抄。他不理，他成了名副其实的'校雠'，把我的稿子划得满纸杠子。"

杨绛先生与我

《吉尔·布拉斯》后于1956年由人民文学出版社出版，之后多次再版。作为一名年轻编辑（用现在的话说，就是“菜鸟”），能组到杨先生的译稿，至今我还有些小小的得意呢。

外柔内刚奇女子

《译文》后改名为《世界文学》，并于1964年划归中国科学院外文所（现中国社科院外文所）主管，我与佩芬也有幸和杨先生成了同事。

记得埃莉诺·罗斯福（富兰克林·罗斯福总统夫人）说过：“女人好像是一袋茶叶，只有在用沸水冲下去时才会看出她是何等的Strong。”这里的“Strong”既作“浓”讲，也可以译为“坚强”，一词二义，一下子倒想不出更好的译法。鲁迅曾经为女子“那干练坚决、百折不回的气概”屡次感叹，我想这正是杨绛先生的真实写照。

杨先生自己也提到过“文革”中被剃阴阳头的事。据我所知，这件事并不是外文所的造反派干的。剃杨先生头发的是街道的造反派，据说这些人平时就看不惯她的做派——穿一身旗袍，打一把阳伞（因院子里的槐树上有虫，常掉下来），完全是典型的资产阶级太太嘛。钱先生见夫人受辱，急得不知如何是好，杨先生却异常冷静，花了一整夜时间，用女儿以前剪下的大辫子做了一顶假发套。但杨先生是坚决维护钱先生的，谁要是说了钱先生什么不实之词，她一定会出面澄清，甚至与人争得面红耳赤，即便被打入“另类”也在所不惜。

看过《干校六记》的读者，都能感到杨先生用“怨而不怒”的笔调，记录了那段特殊年代的特殊生活。其实，这其中的酸楚谁能知晓!

我和佩芬与钱杨同在一个干校，佩芬还有缘与杨先生成为舍友，从“联床”而卧就知道杨先生在干校的处境。就拿住宿来说，当时女学员是四人一屋，杨先生的栖身之处十分简陋。佩芬非常同情杨先生，有时候就主动帮她一下，比如提桶水什么的，有时还将父母从上海寄来的大白兔奶糖、巧克力等零食与杨先生分享。但杨先生自己往往舍不得吃，而是偷偷藏起来留给钱先生。佩芬有一次遇到钱先生，他竟快乐地朝她挤了挤眼，那种表情真是只可意会不可言传。

杨先生下干校时就已经快60岁了，被分在菜园班劳动。其实她和钱先生两人以前都只是教教书、写写文章，从没干过农村的体力活，但杨先生劳动热情非常之高，从不懈怠，且毫无怨言。后来，由于她岁数比较大，大家便照顾她，让其在窝棚里看菜园。杨先生除隔三差五巡视之外，还搬来一个小马扎，在窝棚里看书学习。钱先生也常来这里看杨先生，顺便讨论彼此的阅读心得，有时还来上一句拉丁文，仿佛又回到了当年留学欧洲时的美好情境。

在干校那种艰苦的条件下，杨先生气质端庄，毫不气馁，体现出她内在的尊严。

“同伙暗中流通的书”

在《干校六记》末尾，杨先生谈到，在干校的后期，空气已经不那么紧张了，“箱子里带的工具书和笔记本可以拿出来阅读。……同伙暗中流通的书，都值得再读”。当时我将念大学时在上海旧书店里“淘”来的 *David Copperfield*（《大卫・科波菲尔》）袖珍本带到了干校，曾用报纸包了它，在朱虹和钱杨二位之间传阅过。

这本英文书至今还珍藏在我家书柜里，过一阵子我就拿出来翻翻，因为上面留有钱杨两位先生“力透纸背”的笔迹。如在书的十数处，都有用铅笔在正文侧边点的小圆圈——我相信这是钱先生点的。至于说明什么，那只有钱先生自己知道了。在 388 页下端：出现了铅笔写的一个“好”字，看得出是钱先生的字。所夸奖的这一句，是书中反面人物尤利亚的话：“‘啊！我是多么高兴，你不曾忘记！’尤利亚叫道,‘想一下,你是在我卑贱的胸中燃起希望的火花的第一个,而你并不曾忘记!啊!——你肯再赏给我一杯咖啡吗?’”读过《大卫·科波菲尔》的朋友想必记得,这一章对“小人得志”“得了便宜还要卖乖”的尤利亚做出了极其出色的刻画。

在第48章Domestic(持家)的左上角,钱先生写了一个“看”字,显然是建议杨先生欣赏其妙处。还有一处像是钱先生弄不清人物关系,杨先生用差些划破纸的重笔批道:是姨妈!那惊叹号打得真用力,我怀疑铅笔头会断,跃然纸上的是这样一种口气:嗔怪前面那位聪明一世、糊涂一时,居然能这点都不知道?联系到《干校六记》中说“默存向来不会认路”,这种“小事糊涂”倒是很符合钱先生的性格。

同甘共苦的干校生活自然增加了我们同钱杨伉俪的熟稔程度,也让我后来有了某种“炫耀”的“资本”:想想现在是连友人赠送的著译都看不过来了,遥想当年在河南干校,连大学问家钱锺书、杨绛先生都要向小子我借书看呢!

钱氏幽默珠联璧合

从干校回京后,钱先生开始写《管锥编》。其间,我和佩芬,还有外文所的薛鸿时、董衡巽都帮他借过资料。其实有些书原来就是文学所的，只是后分给了外文所，钱先生借阅就不那么方便了，只好请我们代劳。在他要我帮忙代查资料的便条上，钱先生总会调侃两句（可惜那些小纸片没有保留下来），常让人忍俊不禁。佩芬说我“腿勤”，我的确非常乐意做这些事，因为这意味着我又有机会见到钱先生和杨先生了。

80年代初，钱先生有一次让我帮他查罗伯特·弗罗斯特（Robert Frost）的一句诗，我查后就把整首诗抄给了他。钱先生后来回信道：“得信承代查书，感谢之至。Frost诗的本文，我在选本中看见，劳你抄示，尤见办事周到。”接着便详尽解答了我向他请教的关于《喧哗与骚动》中那句拉丁语引文“Et ego in Arcadia”（译为：我到了阿卡狄亚。阿卡狄亚是古希腊的一个地方，后被喻为“有田园牧歌式纯朴生活的地方”）的问题，还列举出两个原始出处，说是两幅画的标题。他还在信中说：“Faulkner（福克纳）的小说老实说是颇沉闷的，但是‘Ennui has its prestige’（沉闷亦可令人敬畏），不去管它了。翻译恐怕吃力不讨好。你的勇气和耐心值得上帝保佑。”书出版后送书请钱杨两位指正，钱先生又回复道：“顷奉惠赐大译，感喜之至。承问道于盲，妄言妄语，何足挂齿，乃蒙序言中挂贱名，尤觉惭惶。”

有一阵子，中国学界正流行解构主义。钱先生有一次和我说，某某人谈的解构主义，犹如包茶叶的那一张纸。意思是仅仅沾染到了一些气味而已。这也属于他的谐谑。我们这些帮他做做杂事的“年轻人”也是哈哈一笑，听过算数。90年代初，我请钱先生为拙著《好女画廊》题写书名。钱先生写了一横一竖两种格式供我挑选，并在一侧空白处写道：“我因右拇指痉挛，这两年谢绝一切题签之类的，聊以藏拙。但你来信善于措辞，上可比‘游说’的苏张，下不输如‘说因缘’的鲁智深，就不得已献丑一次……”“赛苏张”“说因缘”之说同属“钱氏幽默”。前面将我比作苏秦、张仪，如此抬举我倒也罢了，后面又把我比作在销金帐里脱得赤条条的鲁智深，我岂能担当得起。这种戏谑也令我联想起他不止一次地打趣前来拜访他的薛鸿时与董衡巽，戏称他们为要谋害林冲的那两个恶端公董超与薛霸。

但在1993年，我为《世界文学》创刊40周年向杨先生约稿，却被其婉拒。说那部稿子“已送给薛鸿时同志，让他译毕全书统一修改，以后就是他的东西，与我无干了”。钱先生在下方附言道：“电视上时睹风采，甚忻喜……鸿时告我，贵刊发一消息，报道拙书西班牙、美国译刊情况，极感吹嘘。此书新近维吾尔文译本出版，韩国‘博物书馆’亦已在翻译，聊告故人，不必声张也。钱锺书附奉。”杨先生后又附笔：“维吾尔文译本我只识五个字（作者名及书名），颠来倒去，不知正反上下，甚为滑稽……这个译本最‘好白相’（上海话，‘很好玩’之意）。”有意思的是，杨先生还在信中写道：“我至今还念着你为我‘投’被单的功劳呢（也许你自己早已忘了）。”投被单也是上海话，就是洗被单。在干校时，有一次我见杨先生洗被单太吃力，就抢过来代为漂洗，没想到多年过去了她还记得这件事。

佩芬曾在文中感叹：“钱杨二位，撇开名气地位不说，仅论年龄，也是我们的长辈。却能如此‘不分大小’胡乱打趣，现在读来，只能让人感到分外伤心。”我的心情同样如此。这些日子，我们不时拿出两位先生的墨宝和书信捧读和摩挲，两人相对无言。去年 7 月 17 日杨先生 104 岁生日那天，我和佩芬还去看过她，她当时特别高兴，看上去精神不错。我们带去的礼物之一，是给她祝寿的书画，字由我们的儿媳小起书写，上书：乙未嘉月吉日松枝双馨　季康夫子百龄又四　后学李文俊张佩芬敬贺。中间是一个大大的“寿”字，上方是小起妹妹新阳画的寿桃。那是我们发自心底的美好祝愿，希望她福寿无疆。然而，人终究无法抗拒自然规律，杨先生还是走了。但我想，如今 72 卷的《钱锺书手稿集》终成完璧（欣慰的是，我和佩芬曾帮忙看过几次《钱锺书手稿集·外文笔记》的校样，也算尽了绵薄之力），杨先生将自己要做的事全都做完了，的确可以安然走向天国，去与默存、阿圆团聚了。这难道不是一件再令人惊羡不过的最好结局吗?

（原载2016年6月16日《中国社会科学报》）

爱玛，这就是我！

一过七十五岁，又患过重病，就连睡梦中也在想，赚钱的旅行社也不敢将我这样的“危险分子”拉进花样繁多的“夕阳红 × 日游”行动了。剩下来能让自己 kill time（打发时间）的，除了玩玩假古董，便只有写点小文章和译些东西了。文章写着写着，“囊底渐渐空上来”，笔头自然日见枯涩。翻译方面，倒时不时总会有位“不忘旧情”的编辑相与邀约。所以 2000 年病后近十来年所译的东西，竟比上班四十年业余时间所译的，还要多出一些。而且方面也广，早已不限于曾使我“浪得虚名”的福克纳作品了。（当然，福克纳这方面还陆陆续续在搞一些。我巴不得有青年才俊前来接班，绝不会想到那是在“摘桃子”的。）只要无需赶时间，又不是和自己性情格格不入和篇幅太长、太艰深的作品，我还是很愿意像锻炼身体那样每天译上几百到一千字的。而且我自觉有点像是进入了一种新的境界，我想用“神驰八极”这样的说法来戏称自己近年来所做的翻译工作。因为通过爬格子转换文字，我像是进入了一个个我从来都不了解、连想象都想象不出来的世界，进入了一个个无比新鲜的精神世界。我逐渐学用书中人物的身份说话与思考，真有点像一首歌里所唱的那样，是在“快乐着你的快乐”“悲伤着你的悲伤”了。

就拿美国前总统里根的夫人南希·里根来说吧。我译过她的《我爱你，罗尼：罗纳德·里根致南希·里根的信》。现在看来，在搞垮苏联上，里根显然起过很大作用。但是对他应如何评价不是我管得着的事，而且即使从未当过总统也不妨碍他与南希成为一对情深意切的恋人和夫妻。一直到里根老年痴呆得连妻子都认不得了，南希依然在眷恋着他，体贴着他。这样的感情委实不多见。所以在翻译他们的情书哪怕是一张小小的便条时，我也是惊喜不止、歆羡不已。这也使我联想起若干年前译过的美国女诗人 H.D. 的一首诗《群星在紫光中旋转》。那里面歌颂了始终固定在天顶的北极星，说它也许不像别的星那么“明亮耀眼”，但是却：

……显得清醒、矜持、冷峻，
当所有别的星摇摇欲坠，忽明忽灭
你的星却钢铸般一动不动，独自赴约
去会见货船，当它们在风浪中航向不明。

在译这首诗时，我不禁忆起了“运动”中自己倒霉时，仍不避嫌疑地与自己见面、用别的方法联系的亲人与朋友。

在翻译中能想起北极星，感受到它的坚定，这也可以算得上是“神驰八极”了吧。

几年前与老友蔡慧（已病故，他一辈子都在勤勉翻译，译笔忠实优美，得到的人生回报却那么少，但愿他的在天之灵能得到更好的照料）在五十年后再度合译了一本书：简·奥斯丁的《爱玛》。译完后，我在《前言》里写道：“在译者翻译……的过程中……逐渐认识了爱玛这一有着各种优点与缺点的活生生的形象，同时也通过这面镜子的反照，能对自我有比以前较深一些的认识。说到底，阅读文学作品最大的益处无非就是通过这一智力活动，帮助自己更深刻地了解自我、他人，认识社会与这个世界。”我在爱玛身上看到了我自己和周围人的许多通病。直到此时，我才对福楼拜的那句名言有所顿悟，他的原话是：“包法利夫人，那就是我！”我体会到人（当然不仅仅是我一个人）在世界上最重要的精神活动便是认识自我与洗涤自己灵魂上的污垢。“忏悔吧！”这句19世纪末流行过的口号（最初是不是由托尔斯泰提出的？）仍未过时。

大约半年前，有家出版社约我翻译英国儿童文学名家米尔恩所写的两本关于小熊维尼的故事，这倒是我乐于从事的一件事。因为福克纳1927年前在回答一家报纸的询问“自己最愿意写过的书是哪些”时，曾回答说，是:《白鲸》《摩尔·弗兰》和《想我们曾多么年轻》。而最后的那本，正是米尔恩的儿童诗。我在译完《小熊维尼阿噗》后，写了一篇后记《我们都是阿噗》，里面说：“本书是英语儿童文学中的一部名著，自1926年出版以来，经久不衰。这本书不但少年儿童爱读，成年人看时，也常常会发出会心的微笑。不仅是因为这本书能使他们忆起自己的童年，而且时不时会感到作者对人性具有相当透彻的理解。书中的阿噗与其他动物，形式上是动物，但是又都通人性。他们身上的毛病、

李文俊像（周栗画）

弱点、缺点、特点（应该说还有不少质朴的优点），种种憨拙可笑之处，我们自己的身上幼年时有，长大后仍然也有（只是隐藏伪装得更深罢了）。直到今天七老八十了不但未能褪尽，反而‘返老还童’，倒是更加昭彰了。我在译的时候，总是不由得觉得：这书中所写的不就是我吗？不就是我周围的芸芸众生吗？阿噗是我，我也曾是并仍然是阿噗，我就是阿噗。我们大家都多多少少是阿噗。英国人是阿噗，我们中国人也一样是阿噗。大家都同样具有阿噗一伙的种种小毛病，例如：有点儿自私偷懒，却又不肯老老实实地承认，总要找出理由来自我辩解和自我原谅，明明自作聪明，做错了事，吃了亏，却还要自我开解、自我安慰，而且还会自鸣得意，这一点简直有点像鲁迅笔下的阿 Q 了。不过阿 Q 是鲁迅用蘸着酸液的自己的血写成的，而阿噗则是米尔恩微笑着用自己的泪写成的。”

我接着写道：“福克纳在答某报时说：‘我自然会非常一厢情愿地希望，我能够比米尔恩先生更早就想到了其中的一切。’足见米尔恩所写的与他所想的有共通之处。而作为译者，我也竟是这样。我译着译着，自己就渐渐成了阿噗。”

这两本书，中译本已有不少，包括前辈任溶溶先生的在内。我自然不见得能译得更好。但我在阅读原文时，常能发现一些与英语文化、英国人性格有关的妙处，便试着用稍稍调皮一些，甚至态度上不无“放肆”的方式，用更趋于“神似”而字面上不过于拘泥原文的文字，尽可能将原文中，特别是双关语与阿噗的那几首诗里的童趣传达出来。但要说做到了“曲尽其妙”，那是绝对不敢的。

译完了两本童书，又应约译了艾丽丝·门罗的短篇小说集《逃离》，这位加拿大女作家已经渐有登上英语文学中最优秀的首席短篇小说家的趋势了。接着还应译了T.S.艾略特的《大教堂凶杀案》。他的诗大抵都已有不止一种中译，但诗剧却从未有人译过，我很荣幸，得以取得这个“第一”的位置。发表时，陆建德先生的文章对该剧所写的历史事实作了详尽、清楚的解释，连作为译者的我，也获益不少。可惜翻译时尚未能读到。译文在次年《世界文学》第一期上发表后不久，我很快收到山东一位读者的来信，说他已“选定了此剧，作为接触宗教的第一步”。他愿意这样做，想必有他自己的原因。但我还是有虚荣心的，所以很高兴地看到他接着说，这出诗剧“在您的手下被译得很有韵律和美感……很多句子完全值得背下来。总的来说，这本书真的很好看”。这也许是最高的评价。使我很高兴的是，他所引出认为精彩的一些诗段，主要是剧中的“合唱队”的唱词。而我自己觉得，自己唯一能与剧中人物引为同类的，也恐怕只有那个“合唱队”了。我不是英雄，也不是恶棍，我是处在剧中背景处的合唱队中的一员，但是我看到了一切，也还有些自己的想法。

除了以上所提到的之外，我还译了别的几本书，此文不是工作汇报，就不一一胪列了。幸亏译福克纳的《圣殿》的不是我。否则，在逢到译者被问到自己像书中的谁，像福克纳有一回那样，被一位女士问到作者是书中的谁时，说不定也会忍不住要幽上一默，沿用福克纳的回答，说“夫人，是那只玉米芯”了吧。

尘缘未了

2000年1月，在译完福克纳的《押沙龙，押沙龙！》和写完《福克纳评传》之后，我大病了一场，几乎要告别人世。身体稍稍恢复过来时，我暗自下定决心，从今以后，再也不碰这位福大爷了。我之所以得病，原因自然是多方面的，但翻译福克纳特别是他那本“押沙龙”，不能不说是促使身体崩溃的一个“近因”。

就以我抄录在下面“押沙龙”开头那一段来说，的确是够一个人对付上大半天并且使之血压升高的。现如今，年轻人里英语水平高的大有人在，不妨亲自试译一下：

“From a little after two o’clock until almost sundown of the long still hot weary dead September afternoon they sat in what Miss Coldfield still called the office because her father had called it that——a dim hot airless room with the blinds all closed and fastened for forty-three summers because when she was a girl someone had believed that light and moving air carried heat and that dark always cooler, and which (as the sun shone fuller and fuller on that side of the house) became latticed with yellow slashes full of dust motes which Quentin thought of as being flecks of the dead old dried paint itself blown inward from the scaling blinds as wind might have blown them."

这个句子的主要成分是"they sat"，其他均是附加成分，各种从句据统计共为十个，却总共只用了一个破折号、一个逗点和一对括弧。句中所写的是在闷热的长夏下午，两个人相对枯坐的景况。这个长句子确实起到令人昏昏欲睡、难以支撑的效果，而这也正是作者的目的。对于译者来说，难就难在必须要把作者蓄意表达的一切因素全部准确地表达出来，而且文字还需合乎语法、通顺与符合中文习惯，文字尽可能熨帖老练，还要做到具有层次感与韵律感，亦即"文气"。此外还得保留住作者的"神来之笔"，尽量做到福克纳倘用中文写作，效果即是如此。

在福克纳的作品里，像这样的长句比比皆是。难怪有位美国批评家将他的文章喻为美国南方喧闹的爵士音乐与蔓藤丛生、野花怒放的热带丛林。"仿佛福克纳先生在急促的失望之中，决心要告诉我们一切、一切的一切，每一个最后的根由、线索、性质或条件，以及每一个前景的变化——所有这一切都要在一次惊人的集中的努力之中全告诉我们：似乎要使每个句子成为一个微观世界。而且应该承认，那样的句法使人困惑和心烦意乱。”（康拉德·艾肯语）但是这种繁复雕琢（luxuriance and elaborateness），正是福克纳为了展示主题，表现他心中的那个世界，有意营造的。福克纳自己也曾说过：“我们不是有心玩笨拙。我们是没有办法。”

长句子还不是唯一的困难。福克纳作品是一个整体，你必须对他的全部作品大致有所了解，才能译好其中的一篇。他是美国南方人，作品中经常会出现南方典故。译者对南方的历史、地理背景必须有所了解。对于他所用的特殊的Southern glossary，一般英语词典不会收辑。译者也必须知道怎样去查。福克纳是语言艺术大师，文风时庄时谐，有时像莎士比亚与T.S.艾略特，有时却土得掉渣。这一切，译者均需悉心体会，紧紧追随。

在译“押沙龙”的整整三个年头里，我日日夜夜都在受着这样的煎熬，进度极慢，往往一天只能译一小段甚至仅仅一个长句，第二天再将之改定。因此，在译序中提到竣工时，我不禁这样写道：“那天（1998年2月9日）下午四时四十五分，我将圆珠笔一掷，身子朝后一仰，长长地叹了一口气：总算是完成了。这是我译的第四部福著，我对得起这位大师了。”（另外那三部是《喧哗与骚动》《我弥留之际》与《去吧，摩西》。）

病后，我译了三部少儿小说、一本里根情书集以及塞林格的《九故事》，还与老友蔡慧很投入也很过瘾地合译了英国味十足的《爱玛》(简·奥斯丁作)。原以为是不会再与福大爷“第二次握手”的了。但周晓苹女士主持“二十世纪外国经典作家传记”，一定要收入《福克纳传》，为这事找到了我。晓苹原来供职于《环球时报》，我是在她约稿时生拉硬拽下才学会用电脑的，自然是“师恩”待报，情面难却。让我高兴的是，此书配有百十来幅插图与照片，那都是我多年收集而得的。现在有机会供诸同好，当然是一大快事。这套书刚出版不久，没料到上海译文社又买到了《福克纳随笔全编》的版权，负责人赵武平一定要我翻译，说读者还是认“老字号”。武平是福著中译为数不多的知音之一，我不好驳他的面子。书中一部分谈文学与作家的文章我过去译过，只需校改一遍即可。但是十之八九都需新译，而且内容涉及十九世纪至二十世纪的政治、种族斗争局势，实在是不好对付。用了将近一年，我总算把这项工程做完。还没顾得上喘口气，孰知人民文学出版社又找到我，说他们计划出版一套配有译者所写五万字长的详尽介绍文章的外国作家选集，其中的福克纳集这一种是出版社一位已离休的老领导推荐，希望我来做。我尊重前辈，自是却之不恭，便帮出版社在所收内容上出了点主意。不想出版社很顺利地买到了版权。于是我又被套上了枷锁，又得再次为福大爷拉轭苦干了。看来，我与福克纳的尘缘仍然未能了结，还得像基督教传说中的那位圣徒克里斯朵夫一样，背着圣婴蹚水过河，继续我的苦难历程呢。

想了想，为做到对读者公平，还是应该把拙译《押沙龙，押沙龙！》首段译文附在下面，以供参考与批评。拙译是这样的：

"在那个漫长安静炎热令人困倦死气沉沉的九月下午从两点刚过一直到太阳快下山他们一直坐在科德菲尔德小姐仍然称之为办公室的那个房间里因为当初她父亲就是那样叫的——那是个昏暗炎热不通风的房间四十三个夏季以来几扇百叶窗都是关紧插上的因为她是个小姑娘时有人说光照和流通的空气会把热气带进来幽暗却总是比较凉快，而这房间里（随着房屋这一边太阳越晒越厉害）显现出一道道从百叶窗缝漏进来的黄色光束其中充满了微尘在昆丁看来这些是年久干枯的油漆本身的碎屑是从起了鳞片的百叶窗上刮进来的就好像是风把它们吹进来似的。"

读得够让人疲累的吧，可这正是大师福克纳想达到的效果。

作者近影

下篇　静轩杂录

静轩杂录

小 引

余生逢乱世，读书无多，资质平平，经历中亦无甚大起大落、可歌可泣、可赞可叹之处。本应大哭而来，寂寞而去，毋庸多耗笔墨。然余一生，为人处世，尚称清正平和；观察世态，常能保持冷隽幽默之眼光。此两点累次蒙知余较深之友好点明与称许，想来离实情自应不远。故余常常遐思，若得闲暇，何妨将余所遇之事，所读之书中值得一提之处，娓娓写出。如此，既可自娱，亦可留与后人参考，岂非佳事一桩。丁亥春日，余手头再无可译之书，带病之身亦不容耗尽心力穷究学问。又于冷肆购得《世说新语》《随园诗话》等书，翻读过后，恍悟以此种散漫文笔记述余脑中乱麻状诸事，最为相宜。惜余古文根底浅薄，恐难运用自如也。稍后又思，李白云，“高山安可仰，徒此揖清芬”。余固不能登高山之巅，又何尝不可攀至山腰徜徉于古林树荫之下欤？从此时起，遂每每耗三五日，缀成一则，或记余亲知之故旧逸事，或录余所读书中之珠玑佳段。始写于丁亥年三月六日，日积月累，至五月中，居然得三十余则矣。嗣后，余当仍依同样理路从容续作之，想来凑成百则应非难事。因此辑文字写于京都潘家园寓所，书室又以郑燮所书“静轩”拓片补壁，故权借《静轩杂录》作为书名。倘此辑文字今后果蒙若干看官得见，读后对之或爱或憎或喜或怒，进而知我赞我抑或罪我嗤然对我，当全然不以为意。盖余已尽一己所能，完成渴望多时又居然告竣之工程。谫陋若余，能写出此书已不啻以蝼蚁之力建成一祟高巍峨之帝国大厦矣。粤南李文俊记于丁亥立夏后五日。

一

英国作家 William Somerset Maugham 于其文 *Reflections on a Certain Book* 内提及我国之明代瓷器。彼于介绍 Kant 关于艺术之 purpose 与 purposiveness 观点时谈及，云：“A rice bowl of the Yung Lo（永乐）period, of the porcelain known as egg-shell, is so wafer-thin, so fragile, so delicate in texture that its purpose is evidently not to contain rice. Such a purpose would be of practical interest and the appreciation of beauty is essentially disinterested. Furthermore, there is an admirably drawn design under the glaze which can only be seen when you hold the bowl, empty, up to the light. What other purposiveness can it have but to please the eye? But if by the purposiveness of an object of beauty Kant had merely meant that it affords pleasure he would surely have said so." 毛姆此段文字大意为：彼尝见一永乐薄胎盅，不能以具实用目的解释之，倘有何作用，则应系康德所称抽象之"目的性"。毛姆文中未说明该器为何颜色。如白色，当系甜白釉，正式名称为"永乐甜白釉暗龙纹碗"。专业书誉永乐甜白釉"有若隐若

在潘家园寓中玩赏文物

现的暗刻花纹，为明清两代白釉之佳品”。如系黄色，则应是娇黄釉。约十年前，余曾自潘家园一小姑娘手中以百十元购得一黄釉高足杯，除胎外浅刻二龙处，置光中犹可见釉下有紫色双龙戏珠暗影。杯底款为楷书“大明成化年制”，年代较永乐晚五十余载。该杯高 10 厘米，口径 9.6 厘米，底径 4.6 厘米。此物诚余所收诸物中之一珍品也。余于瓷器方面尚收得数只盖未缺失之釉里红加彩“天字”罐，非明成化即清代仿制，亦余心爱之物也。此外，余尝以千八百元之价收得北朝青釉仰覆莲花尊（缺顶盖），亦余写作疲劳时用以抚慰心智之佳品也。

二

余之小书《天凉好个秋》出版后曾寄杨绛先生一册讫正。数日后余妻忽接一电，称彼系杨先生家保姆，云老太有话要与佩芬说。旋即芬聆老太曰：文俊之书翻读后觉甚有趣。唯有一点有讹，即文俊母亲云文俊出生于庚午旧历十月十九日十一时三刻，误矣。既过十一时，即入子时。既系子时，按旧历算则应为第二日之第一时辰矣。故文俊生日理应为二十日，亦即与锺书生日为同一天。按钱师一九一〇年生，余则出生于一九三〇年，相差二十年。至于资质学养水平之差别，则何止云泥天壤也。杨先生电话中意犹未尽，召余二人前去面谈。三五日后，余等趋访。老太又细细重述此事，并撸袖以腕表示余等，强调指出晚十一时至一时为子时，亦即二十日之第一时。杨老之执着认真精神，令人钦佩。老太并指出，余书中云诸生私下称彼为“Old Lady Young”（杨老太），于英语中如此称呼女士，实非尊敬之举也。余闻后内心羞愧不已。此次谒见，余特地录下书房中所悬篆书对联为：“二分湖水三分竹，九日春阴一日晴。下书：愙斋吴大澂”。此公余慕名已久，盖常于有关金石著作中见到吴公大名也。

三

丙戌秋，余偕内子佩芬再游申江，遇外教社总编汪兄义群。问及彼处原总编王彤福近况。汪兄愀然曰，彤福已赴冥界矣。余以为王兄乃罹疾不治而亡。汪曰，非也。王当时正迁新居，续娶新妇，诚春风得意之际。此时，西北某高校恰有一无甚重要会议，王原可去可不去，但因彼生性喜出游，乃去。孰知一夜，校内宾馆忽起大火。王尚未探清火情如何即开门外逃，孰料骤使室内与窗外氧气剧烈交融，原本闷郁之火势遂得大旺。王顿为烟火吞噬。而其余房间诸客因有防火知识，知不宜贸然开门，终得一一获救。事后，上外校领导前往处理后事，见王遗体，已状若焦炭，惨不忍睹矣。汪兄言至此，曰：己所坐之总编交椅即王所空出者。余听后，不胜感慨。盖余当年访学加拿大时，常见王骑一自行车遍游于多伦多大学左近，诚翩翩一佳公子也。又忆及上外另一骨干原任院长侯维瑞亦因赴澳门教书，劳累过度，终因延宕医治肝癌而亡。闻侯君之所以迟迟不回大陆治病系因澳门该校所付教资与大陆相比实在太过优渥，遂使好事转成为坏事矣。

作者在加拿大约克大学草坪前

四

丙戌岁暮见杨季康先生时，先生问余，汝何以嗜读翻译小说耶？董秋斯之译笔，真可读乎？余答曰，中学时因外语程度尚浅，不得不读译本耳。先生对吾国当时译界水平之评价由此可见一斑。余退下后笑对妻曰，尝记得钱先生文中谈到幼时亦嗜读林琴南所译之哈葛德作品，甚至称译文语言优于原著。可见翻译确有可读与不可读之分，此问题颇值吾国文学翻译界诸公探讨也。

五

原文学图书馆藏有毛姆晚年所出散文集 *The Vagrant Mood*（1952，姑译《流浪情愫》）一书，精装，有套壳，为作者签名本500部中之第430本，亦可视为珍本矣。书中共含六篇较长散文，均值一读。毛于其中一篇 *After Reading Burke* 中盛赞 Hazlitt 文章写得漂亮，又云 H. 最服膺 Edmund Burke 之文字。毛姆曰："He has a lively sense of rhythm. His prose has the eighteenth- century tune, like any symphony of Haydn's, though with a truly English accent, and you hear the drums and fifes in it, but an individual note rings through it. It is a virile prose and I can think of no one who wrote with so much force combined with so much elegance. If it seems now a trifle formal, I think that is due to the fact that, like most of the eighteenth-century writers, he used general and abstract terms when we are now more inclined to use special and concrete ones. This gives a greater vividness to modern writing, though at the cost perhaps of concision. It is an amusing exercise to try to translate one of Burke's sentences into such English as the average writer would now write. I have taken one almost at random: The tenderest minds, confounded with the dreadful exigence in which morality submits to the suspension of its own rules in favour of its own principles, might turn aside whilst fraud and violence were accomplishing the destruction of a pretended nobility, which disgraced whilst it persecuted, human nature. It is a fine, rounded period, its meaning is clear and there is not a single word, except perhaps exigentce, which is not in common use today; yet it is one that smacks of its time, no one would express the thought in such a way now, and in passing I may remark that it is a thought which not a few at the present moment may have had. Perhaps a modern writer would put it somewhat as follows: There are times when people even of the most sensitive conscience must put the spirit of the law before the letter, and can do no more than stand aside when an effete plutocracy which has disgraced human nature by its persecutions is destroyed, even though by violence and double dealing. I do after sever attempts and I would not deny that it has neither the balance, the nobility nor the compactness of the original."（见该书 149 页，1952 年 Heinemann 版）余原有意将同样内容之两段文字移译为中文。稍试后便知力有所不逮，然又思录存于此供有心者研习探讨未尝不可也。毛姆在其文章结尾处特向读者推荐 Burke 之 *Letter to a Lord* 一文，云："If these pages should persuade anyone to see for himself how great a writer Burke was I cannot do better than advise him to read this Letter to a Noble Lord. It is the finest piece of invective in the England language and so short that it can be read in an hour. It offers in its brief compass a survey of all Burke's dazzling gifts, his formal as well as his conversational style, his gift for epigram and for irony, his wisdom, his sense, his pathos, his indignation and his nobility."用如此顶级辞语赞誉于素以含

蓄见长之英国散文殊不多见。余虽鄙陋，亦知国人所编之英散文集为数不少，然似未曾见到收有此篇者。

Maugham 于文中尚有一段谈及长句之好处。余尝著文论证福克纳文章之繁复美，惜未能将道理说透。Maugham 此段当可为余之有力支撑。彼云："Indeed not long ago I read that the editor of an important newspaper had insisted that none of his contributors should write a sentence of more than fourteen words. (当指 H.L.Mencken.) Yet the long sentence has advantages. It gives you room to develop your meaning, opportunity to constitute your cadence and material to achieve your climax. Its disadvantages are that it may be diffuse, flaccid, crabbed or inapprehensible. The stylists of the seventeenth century wrote sentences of great length and did not always escape these defects. Burke seldom failed, however long his sentence, however elaborate its clauses and opulent his 'tropes', to make its fundamental structure so solid that you seem to be led to the safety of the full stop by a guide who knows his business and will permit you neither to take a side-turning nor to loiter by the way. Burke was careful to vary the length of his sentences. He does not tire you with a succession of long ones, nor, unless with a definitely rhetorical intention, does he exasperate you with a succession of long ones, does he exasperate you with a long string of short ones."

读上段文字，吾人当能多少窥见一文章老手之丰富阅历与切身体会矣。

六

1988年，余受命出任某刊主编。消息传至洛阳外院，一从编辑部调去该校之女教员听到后，实在无法相信，竟寅夜叩门带消息去问男教师，该消息果真确切否，使启门者大感惊诧。亦使余确知某在原同僚心目中处于何等位置。后余去加拿大，将此逸事作为笑料告刘女士，彼亦余之原来同事。孰知刘听后迅捷接口对余曰：吾早知君必有一日会当上主编也。余虽明知此为安慰性之谀词，然仍无法不惊叹其思路之敏捷与词令之巧妙也。刘实为余平生所遇既聪慧又干练之杰出女性也。彼年届中年，却独自携二女一男（尚幼）出国，在诸亲属冷眼相对情况下，竟能使三儿均受到高等教育且具有良好前程，自己亦于事业有成，且还著书著文，被推举为该国华人作协会长，能做到如此岂易事哉。

七

八一届外文所研究班毕业生裘小龙因所著多种侦探小说部目今已驰名于美英侦探小说界矣。丁亥年三月初，彼因事归国，专程来京设宴会见师友，余乃得晤面。席上余问小龙，西方侦探小说多矣，汝又属何种流派耶？蒙小龙坦诚相告：彼实受瑞典二男作家作品启发甚多，彼二人擅于通过案

与老同事裘小龙、黄梅合影

件反映社会真实情况。小龙赠余其所著之 *The Death of a Red Heroine*（中译《红英之死》）。余读后，觉此书对某些高干子弟之恶劣行为颇多揭露，对司法部门办案之意识形态化、保守势力之保护一己利益，均多有揭露指斥。中译恐难以保存原著锐气也。席间，余手指译者匡咏梅女士，问小龙，中文本翻译质量如何。裘曰，译文尚可，至难容忍者为出版社之胡乱改动。如上海、外滩，均被妄改为“H 市”与“江浜”，实无必要。以后当再不将书交给该社出版矣。余读《红英之死》后，觉书中地名机关名实指，出版社恐有关当局“对号入座”陷于法律纠纷而加以遮盖外，被删最多处实为书中政治与现行方针有不尽相合之处。若交其他出版社恐亦难逃同样处理方式也。书中不乏精彩篇章，余至为欣赏处实为对主人公陈超上学时与玲女士两情相悦之描写。此处不但写出小龙本人当时经历，对时代气氛亦写得至为逼真也。

八

余廿多年前曾译出麦卡勒斯中篇小说《伤心咖啡馆之歌》交新创办之《外国文艺》发表，颇得好评。丙戌春，上海三联书店约余补译集中其他各篇，并云彼处已购得版权，出版绝无问题。余乃快马加鞭，即于六月间将全书译毕交去。孰知此后久无下文。去电询问后责编嗫嚅透露，版权方口头爽快答应，但契约迟迟未见寄来，应还未一一征得众多遗产继承人同意。数月后，余再度电询，责编仍曰对方渺无音讯。又曰或可不严守手续先行出版。余曰如此亦好，寻思既有今日又何必当初耶。时光荏苒，忽又丁亥三月矣。一日该责编突来电，曰美方合同终于寄来矣。彼当立即发排。果不其然，数日后余即收到校样。读毕快递寄还。彼电答余讯问时告知，本月即可面世无需等至四月末矣。余复编辑信中曾引一莎剧书名：*All is well that ends well*（结局好便是一切都好）。自觉与上述迷情状颇为贴切。此书乃余《天凉好个秋》后之又一成果也。倘余十数年前所编之《外国文学名著图鉴》果能如中青社杜女士贺年卡上所云“今年有戏”，则余又可如千禧年时，著文自吹欣遇一 Annus Mirabilis（奇迹之年）矣。

九

近读吾刊《世界文学》刊尾所登动态，知《大西洋月刊》曾请十位名人投票选举“美国历史上最有影响力之一百位名人”，福克纳名列第六十位，云彼为“美国‘南方文学’流派主将，最具天赋之‘编年史’作家，用文学阐述了一段历经磨难的历史，用笔触展示了一幅梦幻般的美国南方图景。”余又览 Norman Mailer（诺曼·梅勒）之访谈录，彼谈及海明威与福克纳时云：“他们都很明智地不过多承担道德责任。尽一切努力去拯救灵魂，这不是文学的使命，不要试图通过创作来改变政治史或者政治事件。……从海明威身上我学会了克制，同时，也领略了简洁英语的魅力。他向我们展示了把英语简约化，而不是尽可能地使用拉丁词的时候，英语是多么的摄人心魄。福克纳的影响却是截然不同的，他的超常规发展到了极致：‘不要固步自封，不要作茧自缚，要勇往直前，勇登巅峰，要超越一切！’……福克纳善于超常规的狂热，整个人淹没在文字的海洋里。”余相信以上两段引语已道出福克纳创作之基本特点矣。近人介绍元青花纹饰特点时曰，此时之纹饰“貌似繁缛，实则安排有序，更具有强烈的美学效果”。此即福克纳之艺术特点也。梅勒又称彼最服膺之另一作家为 J.T.Farrell，云其“头脑极其冷静，善于快速、真实地记录生活”。近日读报，又见提及福克纳。美国作家 Philip Roth 在给美联社的一份声明中表示：“依我之见，索尔·贝娄和威廉·福克纳构成了二十世纪美国文学的脊梁。”如此看来，随时日推移，福克纳居于 20 世纪上半叶美国文学界翘楚地位当无问题矣。

十

昨读Maugham的*The Vagrant Mood*里所收回忆文章*Augustus*，内提及一牧师夫人，性格颇为诡异。M说此妇执教于乡村小学，认为需惩罚儿童时，会操起一书，云："You don't suppose I am going to hurt my fingers in boxing your ears," "and then, 'Now we mustn't let the other ear be jealous.' upon which she soundly smacked it."彼妇纯系一虐待狂，以用暴力与极具创造性之酷词双重迫害毫无反抗能力之儿童，为一己之乐趣。M又云，彼对仆人亦至为苛刻。每周三为一"washing day"，此日之工作自凌晨一时开始。"When annoyed with them she had no hesitation in boxing their ears, such were the manners of the time, they never thought of resenting." Maugham云："But Mrs.Leicester had a lighter side. Maria Hare (Mrs.Leicester's step daughter) thought it sinful to read fiction and in the evening read Miss Strickland's *Queen of England* to her parents. *Pickwick* was coming out then in monthly numbers and Mrs.Leicester took them in. She read them in her dressing-room, behind closed doors, with her maid on the watch against intruders, and when she had finished a number she tore it up into little pieces which she threw in the waste-paper basket.”如此悍妇居然每月必看连载之《匹克威克》，且为“偷着乐”。狄更斯有知，必不放过如此现成之精彩角色也。又：有关此位悍妇之文，倘用林琴南式古文译出，当更为精彩。

十一

Maugham 于 *Augustus* 一文中犹谈及英人之保守作风。彼云：“Once a year Maria took Augustus to stay with her parents at Stoke. They went in their own chariot, spending the night at post-inns, and even after the railway was built they continued to go in their chariot placed on a truck. When at last they came to use ordinary railway carriages they still had post-horses to meet them at a station near London, because Mrs.Hare would not have it known that she did anything so excessively improper as to enter London in a railway carriage.”此段描述，必定令国人联想及慈禧坐马拉火车车厢行走于铁轨上之发噱情状。

十二

余读素所服膺之英女侦探小说家 P. D. James 所著 *Why Detection*? 一文，至为欣赏为文中所引 Henry James 之语："The purpose of a novel is 'to help the human heart to know itself.'" 文中犹曰："An experienced senior detective told Adam Dalgliesh when Adam was new to the CID, that all the motives for murder came under the letter L: love, lucre（贪财）and loathing（厌恶）. He added: 'They' ll tell you, laddie, that the most dangerous emotion is hatred. Don't believe them. The most dangerous emotion is love.'" 此老探毕生之经验颇具"老吏断狱"意味矣。

按，CID 即 Criminal Investigation Department（英刑侦局）之缩写。

十三

P.D.James 于其文 *Why Dectection?* 中引用其前辈 Dorothy L. Sayers 女士之观点云："But perhaps the greatest problem, and one which Dorothy L. Sayers thought prevented the detective story from being regarded as literature, is to explore the compulsions and complexities（山重水复引人入胜之处） of the murderer's mind without revealing until the final chapter that he or she is indeed the murderer." 余思此判词真可谓一语中的，亦即 Maugham 哀叹已沦入 The Decline and Fall of the Detective Story 阶段之实质也。

十四

Maugham 于同篇文章中尚曰："The best writers of detective stories are those who give you the facts and the inferences to be drawn from them in readable English, but without any graces of style. Fine writing is here out of place." 余虽同意但又觉其语太过。彼曰，读侦探小说时不愿遭遇冗长之风景描写与低俗之幽默，并云："Nor do we want erudition（炫示博学）. The display of this has to my mind caused a sad falling off in one of the most ingenious and inventive of our contemporary masters of the detective story. She is a woman, I am told, of academic distinction and she has a remarkable knowledge of matters about which most of us are ignorant; but she would do better to keep it to herself." 毛姆此处所臧否者当为 Dorothy Parker。据余所知，此人 was a noted Christian scholar, and was one of the first women to be awarded a degree by Oxford University。按 The Oxford Book of English Detective Stories 一书编者介绍，D. Sayers 系“One of the most prominent and entertaining of all detective writers, and creator of the egregious Lord Peter Wimsey, who appeared in eleven novels (starting with *Whose Body*? In 1923) and twenty-one stories. Gave up detective fiction after 1937, and went on to become a Christian apologist（辩士）and translator of Dante's *Divine Comedy*.

十五

余之《天凉好个秋》出版后，蒙诸亲好友指出存在不少疵点，余自己亦有所发现。如，“汶林路”应为“贝当路”。余举出母亲视为不当之用词“出类拔萃”，实为“奇峰突出”，否则亦无甚不妥矣。蒙余妹电告，书中之对句广告语，实为“营养力比牛乳大，消化力比牛乳快”。盖彼对“钙奶生”滋味之佳美印象较余更深也。而据余表妹明珠称，外公于上海所开设之首家照相馆名为“丽珠”，地处徐家汇一带。又据汪义群信中示余，佩芬家所居之处，靠静安寺路外称同孚路，迤南极短一段为圣母院路，而霞飞路以南则又为金神父路矣。余自知此书再版殆无可能，故记载于此以备日后有心人查考。又：余妹于电话中告余，彼清楚记得，搜捕抗日分子时，来者中亦有足蹬高筒皮靴之日本军佐。彼亦曾闯入家母寝室，颐指气使。幸亏彼亦未察觉异状，否则，余今日断不可能于此涂写回忆文矣。

十六

余今日重读 P. D. James 之 *Why Detection?* 一文，觉其所引之佳句甚妙，而其对之引申则更具隽趣。全句引录如下；“E. M. Forster written: ‘The king died and then the queen died is a story. The king died and the queen died of grief is a plot. The queen died and no one knew why until they discovered it was of grief is a mystery, a form capable of high development.’ To that I would add: the queen died and everyone thought it was of grief until they discovered the puncture wound（洞伤）in her throat. That is a murder mystery and, in my view, it too is capable of high development.” 余云，推理小说作家有如此心思者必成大器。

十七

绍武兄乙酉年去世时，余曾为某报撰一悼文，题为《我与梅绍武的书缘》。去岁周晓苹女士编“蓝调文丛”，嘱余将近年所写之文集成一册，交其接洽出版。余编成并定名为《行人寥落的小径》。但追悼文未及纳入。周全套书交至人文社后，久无下文，余亦不再作他想。至今年年初，周告余出版社真欲“启动”矣，并嘱余何不将新近所撰之文添入，以增书之分量。于是乃有题为《秋田拾穗》之近作殿于书尾，此亦不啻为不才之人生小结矣。周热心助余为书配有多幅插图，如梅葆玖演出《天女散花》剧照等。丁亥春日，人文社仝君忽来电，云所配之葆玖剧照因下载自“网”，不堪使用，问尚有更佳者否。余当时想不出可用之材。但电话挂后又忆起尝于潘家园旧书摊购得一书，系葆玥逝时其子小强所编出之有多幅珍贵照片之纪念资料，价仅五元。余从中遴选出两幅，设法让人取去。不思随便捡得之物亦可派上用处也。惟小强所亲笔书赠之金某，其“处理废物”如此之果断迅疾，不免令人心寒。

十八

余一生尝为数人起名。最早为大外甥。余思其姓既为“何”，自与“河”同音。又由河联想及江，此时忽忆起钱起名句：“曲终人不见，江上数峰青。”遂觉“何（谐音河）上峰”之名颇佳，建议用之。数载后，余妹又得一子，复来信索名。余建议“又峰”。妹复信云“又峰”拗口且叫不响，家人早已改呼此儿为“小峰”矣。余所起之第三人名系替自家小儿所起者。吾儿生于壬子年阳历之五月一日，正值所谓“国际劳动节”。余为省事计，即称其为“勤”。此亦当时之革命风气使然耳。今日视之，此名未免直白太过，为此事余心中总对吾儿颇有歉疚之感也。此后，上峰得一子，再来乞名。此时正值拨乱反正之际，余希今后天下太平，河清海晏，能与民休息。乃建议称“何晏清”。光阴荏苒，于今此儿已将小学毕业矣。其堂妹之名余亦曾代拟，似为“晏平”，惜未蒙采纳。如今此妮已被定名为气派极大之“晏涵”矣。即将从浙江音乐学院卒业，成绩甚佳，惜似胸无大志，自云能当一小学音乐教师即遂己心意，与常人颇不相同也。

十九

余多次见画家陈丹青所著文中引用福克纳之语录，陈曰：“条件不是很重要。我总是很感动福克纳说的话。他说：‘你给我一杯水，一个面包，我就给你文学；你给我一支铅笔，我就给你小说。’”余思索多时，亦未想出原来之出处。福克纳说过类似之语，文为：“我本人的经验是‘我从事我的行业所需要的工具是纸、烟草、食物和一点威士忌。”福氏尚有一则常为人引用之名言，一并抄录如下：“If a writer has to rob his mother, he will not hesitate; the 'Ode on a Grecian Urn' is worth any number of old ladies." 此语亦见于福氏之《巴黎评论》访问记。中译文如下:"如果一位作家必须抢夺他母亲的话,他是不会犹豫的;《希腊古瓮颂》在价值上绝不低于任何数目的老太太。"余曾应高莽兄之请,用毛笔将此语录于其国画福克纳像左上侧,余之窳陋笔迹当与高兄大作"并存"于世矣。

我的肖像画,高莽先生作

二十

昨日(丁亥农历三月廿九日)午后余外出购物归,见一快递在案。拆而视之,为《英语短篇小说精选读本》。此为余去秋应国际广播出版社之约所编,亦可谓如期出版矣。余按例于扉页处书"文俊自藏"数字,并注明年月日。此时忽又思,余生终有尽时,为后来人计,何不钤上余之印鉴,以供其把玩耶。若遇好事之徒,据此写出一篇"书话"之类文字，亦未可知。于是寻出诸种印章，有木质者、石质者，亦有象牙镶银星符号者。除钤于新收到之书外，余亦取出此前出版之《爱玛》与《天凉好个秋》，一一钤上。钤至“天凉”一书时，余手持象牙章，一时竟不能自已，遂于旁急书曰：“名章犹余孩提时先父为余订制，至今已逾七十载矣。象牙材质完好依旧，然老父则‘墓木已拱’矣。伤哉伤哉！‘鄙帚’一章为余在干校为排遣时光而刻。该章出自檀木，材质颇细。”余自干校归京后，曾央精力过人之高莽兄为余镌一石章“仰骏斋藏书”。犹记冯至先生一次会见一德国女学者，召余忝陪。余所持赠外宾之卡夫卡译本书末处亦钤有此章。彼女来华系探究卡氏著作在华研介情况也。余犹记冯公为排遣时光（对冯公而言，此种接待小女生之外事活动实为额外负担）亦曾将该书拿起对所钤之印谛视片刻。至今思之，犹在目前也。

二十一

余昨日于荧屏见一电视节目，云一人以六十三万元购得一田黄印章，后经科技部门鉴定，实为“绿泥石”。买卖双方如何解决，不得而知矣。余忆若干年前开始喜爱收藏时，曾于社科院班车驶至景山东街时，中途下车。因瞥见路边有百十冷摊在焉。正待余伛身翻捡摊上拾物时，公安城管人员已来吹哨轰人。余见路边有一老人，动作已颤颤巍巍不甚灵活，手中仅捧一物。余谛视之，见为一黄色不规则形石，上刻浅浮雕，呈数高士优游山林状。老人索价一百五十元。时气势汹汹之“城管”已逼近矣。余匆匆对老者曰：老人家，汝勿怫然动怒，若价为五十元则余可购之。老者踌躇片时后方始接受。余揣石而归，亦曾得意多时。如今思之，恐亦一质量尚佳之寿山石也。然五十元则无论如何不止也。

二十二

五一假期期间，小儿驱新购“福特—福克斯”型车，送余妻去西城北外拜访谢莹莹教授，余亦偕往。车进校门与回绕校园内部时，余不禁百感丛生，犹忆当年居紫竹院时，几乎三两日即须骑车途经此处，有时更会穿行诸楼之间，以赴魏公村市场购物。若逢夏日，路旁高大盛郁之树木自会投下浓影，为余遮挡酷热，带来凉荫。而时时瞥见青年学子苗条矫健之身影，听到彼等之欢声笑语，对渐入老境之人，亦不啻精神上之衰老舒缓剂也。余因精神欠佳，未进谢家，仅坐树荫下木椅上休息。时见三两老妪聚于近处聊天，谈资无非茶米贵贱之事，顿觉此种寻常景色与闲适心情，最宜衰病老人之健康。对此等境界，余应逐渐认同与步入也。

二十三

余现今亦偶去邮局，非去取出版社、报社汇来之款，就是将余新出之著译寄赠亲友。该处除月杪发放退休金数日白发人头济济外，尚称清静。入夏时空调送来凉风习习，沁人心脾。平日来此办事者似多为外来妹。余观彼等若非汇钱予老家亲人，即系向家中邮寄衣物用品等物，情至感人也。出手较大方、汇款额数较大者多系身材颀长、化妆浓艳之东北女子，因彼等汇寄之处大抵为佳木斯、齐齐哈尔等处之乡野。而所寄钱物额小、价廉者则似河南、安徽一带女子，彼等多为家庭佣工或餐馆服务生，收入自然有限。不知家中又出何事需小女子援手矣。余偶亦瞥见有寄照片回家者。一日眼角扫见一男子欲向安徽肥西县某村邮寄一叠相片，最上一张为一出生不久之酣睡婴儿，状至安恬可爱。该青年显系欲向老辈报告喜讯也。周围打工仔、打工妹虽不富裕，但温饱似尚无虞，彼等之子女亦都进入附近小学就读。老家陋屋亦大都得以翻修。如此看来，农民情况总能随时日之推移有所改进也。然打工者或其长辈若罹大病则不啻大难临头矣。因彼等仍无医药费、退休养老金可领。不过若家有三分薄地或子女孝顺甘于养老，情况当稍堪可慰也。

二十四

余苟活于世，倏忽间已七十又七，直趋八十矣。少小时灾病事记忆漫漶，姑且勿论。即以近年间事而言，令余感觉至为可怖者莫若栖身杭州第一人民医院之三日两夜矣。2004年4月阳春，余偕内子参加社科院老年旅游团赴浙东，游普陀山、雪窦山、兰亭等名胜。第五日回杭城，拟再游一天。日暮时，全团当即依计划登车北归矣。前一日入暮时分，余妹自金华来杭旅舍时已察觉余嗓音沙哑、精神疲惫，嘱余多加小心。第六日上午游胡雪岩故居与访丝绸博物馆时，余只觉精神不济、腿脚乏力，但绝未料及大祸即将临头也。午后赴龙井问茶时，余神志犹清，然出门至路边入大巴之际，却已头脑昏昏然矣。事后内子见余状态不佳，即向随团医生反映。急送医院途中，随团王医生问余彼为何人时，余竟答以其夫之姓；又问余现在何处，余曰“北京”。再后则万事不清矣。待余苏醒时，但见头上俱为输液管道与挂幔，耳边则有余妻与医生说话之声。不解己身何以来至此处，遂不知何故竟用英语问道：“What has happened to me？”余妻喜而呼曰：“彼清醒矣！”然后告余，此处为杭州第一人民医院之观察室。又云，经检查，余血糖指标仅为“1”，血清钠亦至低，所幸心电图、脑 CT 均属正常，现正为余输入葡萄糖液等药物。内子原思余既清醒即可出院上火车归京。渠知观察室医生期期以为不可，云必须从长细察。此时随团医生离去，余则交由当地旅游团接管。犹记得地陪女导游与社科院后一期应于第二日返京之旅游团团长曾来探视，并表示余次日出院前景并不乐观，嘱安心休息。此时，暮色已垂，余至盼能获一夜充足休息，俾尽早与该院告别。然观察室内至为嘈杂，所置放之病床竟有十来张之多，且均为患者所据。每张床边均有陪同者簇拥，少则一二人，多则三五人甚至更多。即以左邻病床为例，随来伴同之人即不下五六人。彼等迟至深夜仍喋喋不休，且与吾仅一帘之隔，扰人至剧。直至深夜，此病者方得转入普通病房。余原以为从此可稍安入睡，内子亦可在空出床上和衣而卧。孰知情况断非如此。内子甫入梦乡即为护士推醒，云陪同者如此占铺安睡断断不可。余不解“白衣天使”对七旬老太何以如此冷酷。

余既不得入寐，神经益发紧张，察觉室内不断有事发生。蒙眬间，忽听得一女子凄厉尖叫。后听周围人云，此女为一当日结婚之新娘。果然，瞥见离余病床稍远处有一衣白纱婚裙之少女，正掩颜嘤嘤而泣。原来新郎于婚宴中为人灌醉，突然昏迷，送来急救。岂知病情趋重，心脏忽又停跳。

女子以为其夫必死无疑，已将一日之内由新娘顿成寡妇矣。稍后，经急救，病人总算转危为安。本应快乐娴静之新妇，几乎堕入悲凉幽谷，足见婚宴拼酒，诚至可恶之陋习也。

此波甫伏，一波又起。余又听得离余床不远处，一苍老声音开始哭诉。由其口音推定，彼必为苏北人氏。老人边哭号边诉苦，由此得知其之不满实为儿子对己之不孝。彼一一历数儿子尤其儿媳之种种劣迹，愈说愈伤心，声亦益高，足足半个时辰尚不停息。时已过半夜，余犹一眼未合，不知此事如何了结，心中正急。忽又从该处传来另一人声，说话者似为刚来不久之中年男子。此声音开始反驳老者，诘问其儿究竟有何不对。儿子每月给汝银钱否？汝患病时儿子送汝去医院否？汝之儿媳待汝又有何欠妥之处？如此等等，逐一历数。其声愈说愈高，气亦益壮。于彼反诘声中，适才尚怨愤哭诉之老者竟噤若寒蝉，不再出声。余一局外人，双方孰是孰非，自然无从置喙。然西谚云“有权者即有话语权”。余思此一“钢铁规律”于本 case 中亦全然适用也。

天已将曙，余仍未能稍稍合眼。观察室又涌入一伙青年男女，由衣着观似为大学生。彼等系送一女青年前来救治者。内子前去打听，方知此女大学生因失恋自尽，幸为同学发现。余苦笑曰，人皆不得已而入院，受尽苦难。此女有高等教育可受，前途无量，抛弃其之薄幸儿想来亦未见佳。彼正可趁机用功读书，从容另觅知音，又何苦蠢极出此下策耶？

观察室位于医院大门左侧，通宵人进人出，嘈声不绝。邻室又为儿科急症室，小儿啼哭声彻夜未断。内子仅能趴于床侧稍眯片刻，亦是一夜未眠。此时天色已明，喧闹声势头益盛，余自然更加无法入寐。

次日似为星期天，医院照例仅由值班大夫与护士维持局面，无一敢于负责之人。内子仅获准让余作数次血液检查，结果基本正常。彼多次探询可否让余出院，均横遭拒绝。余平素白日除午后稍眯片刻之外从不能正经入睡，于嘈杂、光亮环境中自然更加无法休息。此时余双目一合，眼前即会出现幻影，似见前数日所游寺庙前之一对对石狮，由远而近，左右晃动，逐渐变大，直逼余而来。余一张目，幻影自去。因此余此时竟陷入既欲睡眠复又惴惴然，唯恐入睡之状态。此宁非老天对余之恶意作弄乎？

黑夜逝去，白昼复又来临。此时已为进院之第三日矣。余筋疲力尽，精神几近崩溃。上午十时左右，本地旅行社经理及其助手前来探视。内子向彼等求援，表示在此受罪不如速速归京治疗。此前内子亦曾询问院方，医生竟谓须留院观察一周，至少亦得三四日后方可离去。此时旅行社经理谓余

佩芬与小儿合影

妻曰，院方自然不愿承担任何风险，以免遇不测时需其负责。且周一甫临，主要大夫尚未上班，即将下班之年轻大夫决不肯轻易做主。于是内子再次要求对余进行多项检查，见无异常，遂下决断，愿签字出院，一切责任自负。经理谓，可帮忙买机票。半小时后，机票送到。余胡子拉碴，衣服凌乱，满面病容，年纪尚轻却已大腹便便之经理亲驾其豪华轿车直奔萧山机场。后余自思，旅行社亦如医院，至惧对余负责，故急急欲将一烫手山芋尽早送出。到京甫离出口处，余已见到小儿之笑靥，彼于此处等候已有多时矣。余妻嘱驱车直奔同仁医院，经干部保健科刘大夫检查后，谓余血糖尚低，但服药即可，无需住院。又嘱加挂精神内科，由该处医生诊治余之幻影症。一小时后，已返抵家中。待服加量镇定药于熟稔之床铺上睡去时，眼前已不复出现幻影中之石狮矣。再翌日，竟能骑自行车去院部老干部局归还北京旅行社借余之三千元矣。最后，尚有一事颇可笑，不妨附书于此。余此次住院，总共耗资三千余元。后此笔款项全部得以报销。报销时，女会计诡谲一笑，掩口告余曰，经市卫生局严格审查，唯一不能报销者，仅一价值两元之塑料尿壶。然余二人未曾享用价六七百元之火车卧铺票又安有可报销之处哉？

事后，内子责余旅游过程中发病，使其未能泛舟西湖，并错过一顿理应最为丰盛之“最后晚餐”。但彼又自我安慰曰，余发病时间、地点均选得至为巧妙，幸亏系于最后半日，发病于医院近在咫尺之西湖岸边。倘早数日犯病于海中孤岛之普陀，后果则难以想象矣。余答曰，要怪应怪同仁医院某女大夫，此医师一贯冷淡，且不顾余多次抱怨出现低血糖现象，仍坚持让余服用“达美康”。后其他大夫体察余之病情，方始改用“拜糖平”，此后余未再出现过低血糖现象。余犹记某次与内子午后一时左右抵达干部门诊科，推门入内时，该女大夫尚酣睡于供病人候诊之长沙发上。见余推门，极为不满，怒斥余曰：“尚未到点，外面等去。”全然不顾余为一白发苍苍之有病老人也。余此次出行时尚未改药方，吃尽苦头后方强令医生改之。此点亦可供用药不宜者参考也。

二十五

余妻佩芬去岁读邵洵美夫人盛佩玉所撰回忆录《盛氏家

族——邵洵美与我》，颇有感触，写成书评一篇，然缺一适用之篇名。余翻书后告其曰，有矣！何不用“闲梳白头对残阳”耶？此句应最最贴合盛老太暮年景况与心态矣。佩芬然之。文发《文汇报》后，盛夫人之女与女婿均赞芬文“较其它书评文章更为到位”。余思得此好评题目所起之作用恐亦不小，所觅得之句见于唐朝窦巩之《代邻叟》。舍间无《全唐诗》，诗之全文未能查出，但其中最脍炙人口之句即为“满眼儿孙身外事，闲梳白发对残阳”。依余之见，此一态度对绝大多数老人均极适用。

二十六

近读宋词，见俞国宝之《风入松》。因系写西湖景，故倍感亲切。全词抄录如下：“一春长费买花钱，日日醉花边。玉骢惯识西湖路，骄嘶过、沽酒垆前。红杏香中萧鼓，绿杨影里秋千。暖风十里丽人天，花压鬓云偏。画船载取春归去，余情付、湖水湖烟。明日重扶残醉，来寻陌上花钿。”俞此作水平一般，彼当时仅为一太学士，籍籍无名。据《武林旧事》，此词原题于酒肆，“明日”一句本为“明日重携残酒”。宋高宗偶见之，笑曰：“此词甚好，但末句未免寒酸。”遂改为“明日重扶残醉”。改动不过二字，却为全词平添神韵，使之全盘皆活，赵构不愧行家也。余观其所书之《佛顶光明塔碑》（拓本），字体富丽华瞻。其书于团扇之七绝行草，毋论字与意均清丽可人。设未当弱国人君，必以诗、词、字、画为一时之俊杰。然下令斩杀精忠报国岳武穆者即彼，何残忍刻薄若是，实令人不解。倘嫌武穆碍事，贬其官发送回汤阴老家耕田岂非甚好？余对西方所谓民权卫士并无好感，认为皆志大才疏之辈，由其领导国家与主宰世界潮流，平民生计恐难以为继。但独赞同废除死刑之主张。盖杀人容易使人再生难也。对真正罪大恶极者，聪明人定可设计出适当之惩办方法，令其感觉生不如死。但上天有好生之德，权力者万不宜一杀了之，一旦错杀一人，亦必将留下骂名，再也无法抹去。倘判无期，一旦发现确凿证据，即可复审，即使冤狱多年，一旦重见天日，必定喜极而泣，不致对当局有剧烈反感。以余中学一低班校友沈某为例，此人治学上极聪颖敏慧，曾获黎澍欣赏，破格录入近代史所。至于其他方面则浑浑噩噩，以余观之，纯一书蠹耳。彼“文革”时因觉绝无出路，且连生计均亦难维持，遂生奇想，将自身皮肤涂黑，欲潜入非洲国家驻华使馆出逃。孰知未到岗亭即被扣下。以余辈凡俗眼光视之，其“计谋”之拙劣可谓无出其右，连寻常小偷蟊贼均会嗤之以鼻。若依愚见，对彼之不当行为，投入看守所黑屋饿饭数日便可，断断无需郑重其事作为“现行”严打而处以极刑也。倘能任彼存活至今，学术成就必优于钱文忠、于丹辈。沈某后得以平反，其母见平反书时哭曰：余要者为人，而非一纸。余思“文革”中误判错杀者定然不在少数，影响极坏，实应作为惨痛教训，避免重犯。

二十七

余读简·奥斯丁外甥回忆其姑之回忆录，内称奥斯丁去世前所说之最后一语为：“Nothing but death.”书中又云，“These were her last words. In quietness and peace she breathed her last on the morning of July 18, 1817.”余思此老妪对世事洞察透彻，故能如此洒脱也。记得杨绛先生说过，对离别人世之态度，彼至为欣赏者，莫若英诗人 Walter Savage 于 *Dying Speech of an Old Philosopher* 一诗所表达之意。该诗曰：

I strove with none, for none was worth my strife:
Nature I loved, and next to Nature, Art,
I warmed both hands before the fire of Life;
It sinks; and I am ready to depart.

又余读鲁迅《野草》，内赫然曰："待我成尘时，你将见我的微笑。"此绝妙好词，大可勘刻于李某人骨灰存放处之石上也。余起笔名"戈哈"，原有钦佩谭嗣同狱中题诗"我自横刀向天笑，去留肝胆两昆仑"两句之意，此点未敢在谈笔名小文中点明，因系不省事少年之狂妄举动。岂不见陆游《小舟游近村舍舟步归》中所言乎？"斜阳古柳赵家庄，负鼓盲翁正作场。身后是非谁管得？满村听说蔡中郎。"该蔡中郎即汉时人蔡邕。至今舞台上仍时有演出之《琵琶记》，即蔡伯喈与其糟糠妻赵五娘之故事也。济慈为其墓志铭所拟之文为："Here lies one whose name was written in water."云其名书于水上，瞬间当流逝不见。（此语亦可理解为"以水写成"，寓意亦同，因水极易蒸发消失也）。济慈诚西方第一洒脱人也。据余所知，近年仙逝之某名儒，火化后之骨灰，即由家人遵其生前所嘱散置于火化场附近树根土下，正合《旧约》中所谓"来自尘土，复归尘土"（For dust thou art, and unto dust shalt thon return）之意。此种豁达心胸，非常人所能及也。

二十八

近读罗文华译奥斯丁《理智与情感》，"译者序"中提到："钱锺书说他写《围城》试图'回避直接描写战争，而传达战争的影响，像简·奥斯丁小说处理拿破仑的方式一样。'”余较关心钱先生对外国文学之论述，此前倒未曾注意到此语。此语实可看出先生对奥斯丁熟稔之程度与理解之深度。须知，若非先读遍奥斯丁全部作品，并熟知其生平与家庭、兄弟情况，否则定然无法做出如此结论也。盖奥斯丁有二兄皆海军军官，后升至海军上将。彼等时常在家中谈论国家大事与海战情况，奥斯丁对当时之英法大战确非全然不知也。

二十九

时光荏苒，余一家自紫竹院迁至潘家园，不觉已六载矣。新居固具旧舍不及之处，然时日稍久，原住地种种美好之处，亦不时会袭上心头。其中至为令人无法割舍者，自是与家仅一路之隔之紫竹院公园。甫迁入时，紫竹院路尚不算宽阔，中间未设隔栏与过街天桥。即使信步前往，亦是须臾可至。园中胜景比比皆是，如东门附近春时之西府海棠，南门以北夏日之荷花睡莲，均可令人流连忘返，久久不忍离去。暮春时节，必见野母鸭率领众小鸭于水中缓缓而游，小鸭憨态可掬，母鸭时时回首照顾，亲情感人。岸边或桥端背手观望者见此情此景，即使多年为病魔缠身，亦定然会生发出生之乐趣也。犹记余一家三人曾去湖边，将在家豢养数月嫌其污秽之二小家鸭放置野鸭群中，小家鸭眼中惊恐、惶惑之情至今仍令余等难忘。夏秋时园中竹叶繁盛，一遇起风即琳琅有声，实不啻世上最美妙之乐音。余多年于此园散步作操，对余病体之康复自然极有裨益。余亦曾在林中长椅上为叶水夫先生起草青年翻译家会议之主旨发言，灵感若油然而生。

此园可赞美处尚多，无法一一细述，而院外周遭可去之处更多。院北不远民居间耸立一极高极大之银杏树，华盖重重，枝叶披纷，相传李自成入京前曾在此树下歇息。盛夏炎热时，若在荫中站立片刻，热汗顿消。附近有长河在焉，迤西为麦钟桥，旧京古迹也。此处以及昆玉河，均余免费戏水游泳之地。余2000年犯病前，每年五月至十月，阴雨天除外，几无日不在水中岸边“游野泳”，消磨一两小时。北京城西北郊为学院区。余家即处于学院区之南端，南行不到百米即计算机专修学院，路西即为首都师范大学。北去一里之内，中央团校、国家行政学院、中央民族大学、北京外国语大学、北京理工大学、中国人民大学等校星罗棋布，均余骑自行车闲逛与购物之处。盖前尚无超市，大学家属聚居处必有菜市也。东北方不远处与紫竹院相邻，北京舞蹈学院在焉。由校门步出之少女，娉婷袅娜，宛若天仙。后见电视介

紫竹院北门外之大银杏树，据说李自成攻入北京前曾在此处歇马

绍，方知形象动作俱佳之章子怡女士1990年前后曾就读于该校附中。出余家院门，往南不远尚有北京商学院与轻工业学院（现已合并为北京工商大学），唯须骑车逆行方可抵达。由此处再穿越大路即玉渊潭公园，为余夏日戏水另一佳处也。此地潭宽水深，可容余自由来回横渡，一若知乐之鱼，又如随波上下浮动之水母，飘飘然几不羡仙矣。余居处附近与艺术有关之处亦复不少，诸如中国画研究院、北京艺术博物馆、北京石刻艺术博物馆、八一剧场，等等。余与内子尝于中国剧院内观看歌剧《托斯卡》，票价仅数元，真可谓价廉物美矣。此次观剧，为余20世纪50年代观国人演《茶花女》后唯一一次欣赏西洋歌剧演出之机会也。首都体育馆亦极近，余慢慢骑车十余分钟足矣。余不嗜观球赛，唯记得尝于此处欣赏音乐。北展既有西餐厅亦有剧场，两者之口味与品位均大不如刚开设时矣。国家图书馆离余家不过一箭之遥，此实大幸之事。余为编《外国文学插图精鉴》尝多次前往寻找资料。

余旧居附近，书店亦复不少。各高校内均有书店，自不待言。稍大售书处，南有外文局所开书店，彼处外文书至多，北有新型书店如“风入松”，余曾于此处“签名售书”。后苏州街北端又出现海淀图书城，余购置文物书籍多得自此地，初期所收之CD与DVD亦大都淘得于此。当时，余每有斩获，携归时均得意非凡，一若炒股大发之新富也。

京西北郊有山有水，风景佳美处殊多。春秋佳日，余一家三人各骑一车去稍远处漫游。余等爱寻觅未到过之荒凉偏僻之地。犹记一次路上，余前轮因缠入粗铁丝无法转动，使余凌空前滚翻，然后跌倒在地。而追随于后之老伴又为余绊倒，连车带人压余身上。勤儿见状大惊，急急绕回相扶。幸亏当时余等身体尚佳，站起后竟发现二人毫发未损，更遑论骨折欤！

余书至此，读者必谓，旧居条件既如此理想，汝家又因何迁走耶？余曰，君有所不知。紫竹院大环境纵好，然旧居三室无厅，居住面积仅五十又六平方米，书物多无处安放。余妻至至担心者为垒至天花板之置书纸板箱夜间万一垮落，砸向睡梦中勤儿头脸，后果不堪想象。曩昔，余从和平里仅一间之住地仓猝迁来，房屋未及装修，以致门窗漏缝，冬天朔风直灌，至为寒冷，夏时则蚊子随意进入，扰人至甚。该处房屋质量不高，浴室墙壁竟为纸板，芳邻近代史所领导刘老先生出恭之声清晰可闻。壁上瓷砖无法粘紧，时有落下，余深恐坠落伤人。而更令人无法容忍者为楼处三环路与紫竹院路之间，二者均通衢大道，半夜仍时有重载之大卡车经过，一如在吾等头上碾压而过，其声如雷鸣，入眠者必被惊醒。日间余播放音乐，则又难以听清。屋旁修起立交桥后，嘈声益巨。余儿设若娶妻，新娘安肯蜗居于此哉？余家东迁后之第一件事，即为将最大一间拨与勤儿，使其显得不太寒酸。迁至新居，唯一有利之处为靠近潘家园。故余家新旧"古董"亦如旧居藏书，早已"满坑满谷"矣。

三十

F某何人？老红军也，军衔高，曾任要职。就年齿而言，老将出生于1911年，大余几近廿岁。然九十年代某一日，彼竟登门求见，此岂非咄咄怪事耶？余何人也？社科院外文所一编辑耳。论权力，余至多可对一稿用与不用、用于何期作出决定，此外，再无其他矣。然余亦尝忝列所学术委员。故有时某人职称是否得以晋升尚需余之一票。

F系由其夫人携带前来。夫人者谁？教会大学出身，余闻彼在校时追求者颇夥，入夜常可聆得男生于窗下翻来覆去叫唤："JoJo！""JoJo！"（不知全文究为Juliet抑或Julia）。1949年后Jo参军，终成高干夫人。又得以入某高校，得硕士学位。后又不知通过何种关系，转入我所。改革开放后，彼虽稔俄语，却得以以交流学者身份赴美。故彼后来所填表格上自称学历为“equivalent to doctorate”（相当于博士），即由此而来也。总之，彼于众人心中之印象，不啻一不论何时何地均能从此时当令猎物身上攫取最佳部位肉食之猛禽也。此本为与掌权者关系沾边者之常态，恐历朝历代概莫能外。

J女士与其夫之到来使余稍感意外。男方毕竟系武夫本色，快人快语。稍作寒暄后即直入正题，谓今日与夫人前来，非为别事。盖所中职称评选在即，夫人晋升正研之事，尚望李委员多加关照。余忽听以“官衔”称已甚感意外。但心中亦明彼夫妇来意，心想夫人学历资历已够，工作成绩平心而论亦不能算少，当然，似少创见。彼此前不久由某出版社出版一有关肖洛霍夫专著，闻经济上曾对出版社给予补贴。过去，彼常于人前自矜，云已研究法捷耶夫多年。法之名作《毁灭》为鲁迅所译，且又于《延安文艺座谈会上的讲话》中得到肯定。故方向之正确绝无问题。后因风向有变，法又自尽而亡，彼遂转而以肖洛霍夫作为研究对象矣。然此类事情仍属人品与口碑问题，与评职称关系如何，规章上并无具体规定，余自不能“以感想代替政策”。考虑至此，遂对其夫曰，此事李某人自当秉公办理。彼曰，如此甚好，余夫妇尚有多处需去，不打扰矣。余自阳台目送两人由勤务兵、司机簇拥登车驱离而去，又不知下一位需打招呼者又为何人矣。次日评委投票，赞成J晋升者果占多数。后又闻彼去人事处办理手续，云参加革命时年纪报小一年间，离休自应推后一年。余头脑简单，不明如此做有何好处，但彼平素行为，吃亏之事从来不做。故如此改动必定自有道理。今春余去院医院检查身体时，见J女士已公然乘首长小轿车来去，毫无忌惮，必已不惧会对其夫声誉造成任何损害也。

三十一

己丑年夏，有一女士电余，云彼系《时尚先生 Esquire》编辑，欲对余做一采访，并约定时间。不数日，彼女士率领三男一女莅临舍下。其中一高大汉子，身着全套迷彩服，肩挎“长枪短炮”，令人侧目。三摄影师对余一阵“噼噼啪啪”之后，云室内空间不够宽阔，又将摄影场移至走廊电梯侧，一阵喧闹，引诸芳邻开门探究是否出了人命案件。女编来前，曾电询是否需彼带些较好衣服来，余因已在早市新购T恤两件，有备无患，故能底气十足答曰毋需烦劳，反正余又非为服饰公司做广告。该刊七月号出版后，见余被列为该刊“中国梦 ×60”专栏所拟介绍男士之第三十七名，前于余者有名画家，后于余者则为主持人白岩松和摄影家刘香成等，均一时风流人物也。余照片底下尚引有余之“语录”：“在翻译作品时，对里面的人物，我‘快乐着他们的快乐，忧伤着他们的忧伤’。”余原思此事当告一结束。孰知数日后该刊另一女编又来电，云上次为某项特殊需要拍摄之照片未能如愿数码化，故需重拍。此次则需“接”余去某处一工作室矣。盖若再请几位摄影家出动一次，所费不赀，不若由老朽前往，当更省钱省事。余思，余本一散淡之人，无甚不可，乃于约定时间与此女共赴垂杨柳一废弃厂房改成之“摄影工作室”。再次“噼啪”一通后，女编又向余提出若干问题，让余回答。采访间，工作室又来三女士，其中之一更为艳丽，当为模特，而一助手状女子将所携时装逐一挂上衣架，足有十余件之多。与此同时，另二女则静坐“进入状态”，亦是等待对余之采访告一结束。余言毕离去时，其中一年龄稍长似导演者主动向余颔首，似对余略有印象，故应为该刊另一编辑也。据云，对余之采访将于第九期刊出。届时余当能知悉女模特与导演、摄影家之大名矣。余查该刊创始于 1996 年 6 月，至今已出版至第四十九期矣。前此，另一巨型时尚杂志《生活週刊》（定价每期五十元）曾约余写千余字之文章，致酬一千，实为余生平所得最高标准之稿酬也。唯日前见小报载，某“九零后”作家宣称，若要彼写稿，标准非达一字两元不可，否则免开尊口。如此视之，老朽身价与后生辈根本无法相比也。

三十二

报载陈乐民先生不久前逝世。彼因肾病，做透析长达十年之久，生活意志可谓顽强。然于此期间，陈兄仍著译不辍，所作文章无不思维缜密，观点剀切，为促进国家之民主与进步而恳切呼吁，忧国忧民之心，跃然纸上。记得余最初见到乐民与中筠伉俪，系20世纪60年代于老同学杨存绪、潘琪夫妇处。彼时两家共住蒋宅口一单元房。余与佩芬拜访老友时亦去乐民、中筠居处小作逗留，见墙上贴有乐民所书大字，功力颇深。因余只知其谙法语，常驻西欧，原以彼无非一尽职优秀外事干部耳。近年常读其评论与杂感，方知其思想学识上均有深度。回忆余与其最后一次接触，当为去年南京《开卷》杂志来京于凤凰台饭店召开之座谈会上。彼于会议将结束时作一简短发言。大意为：今后各位写文章时应多少添些辣椒末。太多了会影响刊物生存，但有话不说亦断乎不可。其语中含意，相信在座者无不心领神会。会后，余夫妻二人与陈、资及另一刘女士（绿原之女）合挤一辆汽车，先送刘女士至地铁站，再送陈资二位至方庄寓所，最后愚夫妇二人回潘家园，孰知此即与陈兄相见之最后一面矣。身边好人又弱一位，令人痛惜！唯令余深感不安者，余近年所著之文浅薄如常，遑论有何辛辣之处，实有愧陈兄之殷切期盼也。

三十三

于世间妇人中，余至不愿见者为某种类型女子，彼等但发一言，但作一文，即几无不会涉及对一己夫君之赞颂，且已几无不通过抑压他人以抬高其亲爱者之恶劣手段。如一提到某部外国文学名著，倘有数种译本，则首译者非其夫君莫属。译文最佳者，亦必其夫君之译本莫属。若遇意见不完全赞同者，则必然反驳，且气势汹汹，视对方若寇仇。然较此种妇人，余尤为不喜遇见者为另一类女子，彼等形式上若与上类妇人相反，一遇诸友人与其夫妇聚会，彼几从一头始即哓哓不休，垄断话语权，且不到三句，即要数落己之丈夫。好在其夫耳朵重听，索性佯作未曾听到。然友人们则无法学样，只得哼哼哈哈，或尽力将话题引往他处，以缓和气氛。唯彼妇仍复又将话题拉回原处。且当其夫提到其就读大学某校花时，此妇犹妒性大发，竟连带涉及某老校花之女，出言至为不堪。如此之情况一再重复，遂使与彼夫妇聚会，几成一令人不觉愉快之负担矣。

本色文丛

（柳鸣九主编　海天出版社出版）

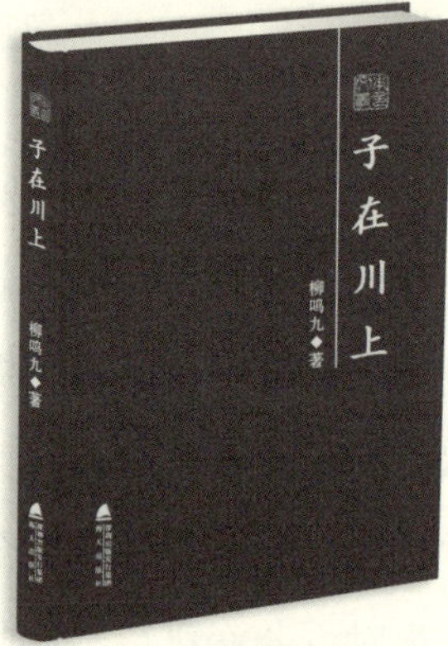

《子在川上》柳鸣九 / 著

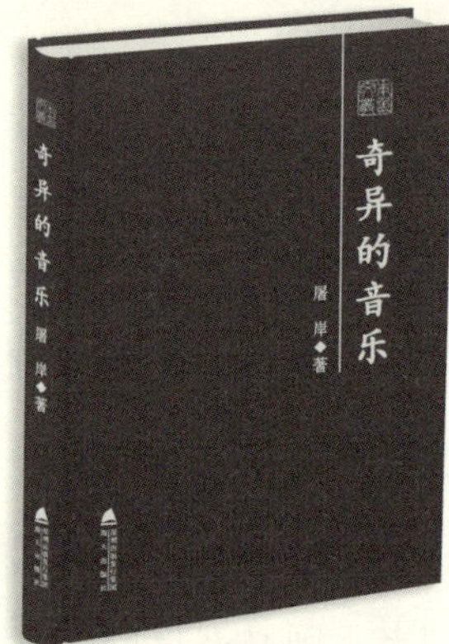

《奇异的音乐》屠　岸 / 著

《岁月几缕丝》刘再复 / 著

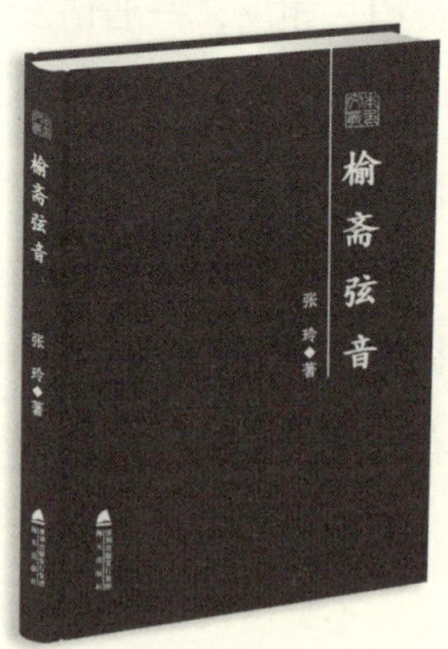

《榆斋弦音》张　玲 / 著

《飞光暗度》高　莽 / 著

《往事新编》许渊冲 / 著

《信步闲庭》叶廷芳 / 著

《长河流月去无声》蓝英年 / 著

《坐看云起时》邵燕祥 / 著

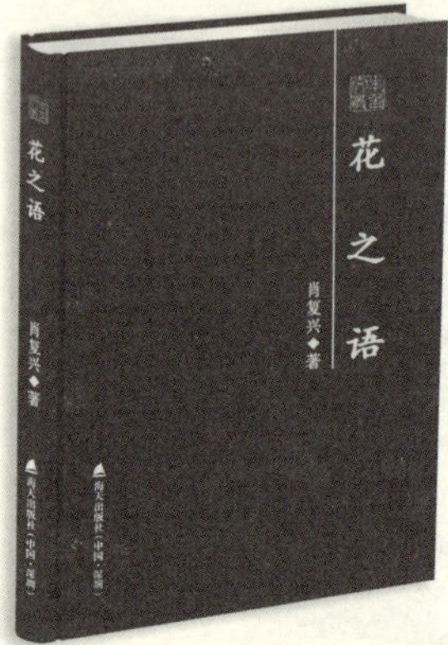

《花之语》肖复兴 / 著

《母亲的针线活》何西来 / 著

《神圣的沉静》刘心武 / 著

《青灯有味忆儿时》王春瑜 / 著

《无用是本心》潘向黎 / 著

《纸上风雅》李国文 / 著

《花朝月夕》谢　冕 / 著

《秦淮河里的船》施康强 / 著

《风景已远去》李　辉 / 著

《美色有翅》卞毓方 / 著

《行色》龚　静 / 著

《好女人是一所学校》梁晓声 / 著

《山野·命运·人生》乐黛云 / 著

《散文季节》赵　园 / 著

《春天的残酷》谢大光 / 著

《哲思边缘》叶秀山 / 著

《春深更著花》江胜信 / 著

《蛇仙驾到》徐　坤 / 著

《心自闲室文录》止　庵 / 著

《向书而在》陈众议 / 著

《四面八方》韩少功 / 著

《遥远的，不回头的》边　芹 / 著

《一片二片三四片》钟叔河 / 著

《乡愁深处》刘汉俊 / 著

《率性蓬蒿》陈建功 / 著

《披着蝶衣的蜜蜂》金圣华 / 著

《尘缘未了》李文俊 / 著

《艾尔勃夫一日》罗新璋 / 著

《无数杨花过无影》周克希 / 著

《无味集》黄晋凯 / 著

《独特生涯》王　火 / 著

《书房内外》黑　马 / 著

《流水沉沙》罗　芃 / 著